岩 波 文 庫

31-070-1

羅生門・鼻・芋粥・偸盗

芥川竜之介作

岩 波 書 店

芥川竜之介王朝物全集　一

目　次

羅《ら》生《しょう》門《もん》

ある日の暮方《くれかた》の事である。一人の下人《げにん》が、*羅生門《らしょうもん》の下で雨やみを待っていた。

広い門の下には、この男の外《ほか》に誰もいない。ただ、所々丹塗《にぬり》の剥《は》げた、大きな円柱《まるばしら》に、蟋蟀《きりぎりす》が一匹とまっている。羅生門が、朱雀大路《すざくおおじ》にある以上は、この男の外にも、雨やみをする*市女《いちめ》笠《かさ》や*揉烏《もみえ》帽子《ぼし》が、もう二、三人はありそうなものである。それが、この男の外には誰もいない。

何故《なぜ》かというと、この二、三年、京都には、地震とか*辻風《つじかぜ》とか火事とか饑饉《ききん》とかいう災《わざわい》がつづいて起った。そこで洛中《らくちゅう》のさびれ方は一通りではない。*旧記によると、仏像や仏具を打砕いて、その丹《に》がついたり、金銀の箔《はく》がついたりした木を、路《みち》ばたにつみ重ねて、薪《たきぎ》の料《しろ》に売っていたという事である。洛中がその始末であるから、羅生門の修理《しゅり》などは、元より誰も捨てて顧《かえりみ》る者がなかった。するとその荒れ果てたのをよい事にして、狐狸《こり》が棲《す》む。盗人《ぬすびと》が棲む。とうとうしまいには、引取り手のない死人を、この門へ持って来て、棄てて行くという習慣さえ出来た。そこで、日の目が見えなくなると、誰でも気味を悪《わ》るがって、この門の近所へは足ぶみをしない事になってしまったのである。

　その代りまた鴉《からす》が何処《どこ》からか、たくさん集《あつま》って来た。昼間見ると、その鴉が何羽となく輪を描いて、高い鴟尾《しび》のまわりを啼《な》きながら、飛びまわっている。殊《こと》に門の上の空が、夕焼けであかくなる時には、それが胡麻《ごま》をまいたようにはっきり見えた。鴉は、勿論《もちろん》、門の上にある死人の肉を、啄《ついば》みに来るのである。――もっとも今日は、刻限が遅いせいか、一羽も見えない。ただ、所々、崩れかかった、そうしてその崩れ目に長い草のはえた石段の上に、鴉の糞《くそ》が、点々と白くこびりついているのが見える。下人は七段ある石段の一番上の段に、洗いざらした紺の*襖《あお》の尻を据《す》えて、右の頬に出来た、大きな面皰《にきび》を気にしながら、ぼんやり、雨のふるのを眺めていた。

　作者はさっき、「下人が雨やみを待っていた」と書いた。しかし、下人は雨がやんでも、格別どうしようという当《あ》てはない。ふだんなら、勿論、主人の家へ帰るべきはずである。ところがその主人からは、四、五日前に暇《ひま》を出された。前にも書いたように、当時京都の町は一通りならず衰微していた。今この下人が、永年、使われていた主人から、暇を出されたのも、実はこの衰微の小さな余波に外ならない。だから「下人が雨やみを待っていた」というよりも「雨にふりこめられた下人が、行き所がなくて、途方にくれていた」という方が、適当である。その上、今日の空模様も少《すくな》からず、この平安朝の下人の*Sentimentalisme に影響した。*申《さる》の刻《こく》下《さが》りからふり出した雨は、いまだに上るけしきがない。そこで、下人は、何を措《お》いても差当《さしあた》り明日の暮しをどうにかしようとして——いわばどうにもならない事を、どうにかしようとして、とりとめもない考えをたどりながら、さっきから朱雀大路にふる雨の音を、聞くともなく聞いていたのである。

雨は、羅生門をつつんで、遠くから、ざあっという音をあつめて来る。夕闇は次第に空を低くして、見上げると、門の屋根が、斜《ななめ》につき出した甍《いらか》の先に、重たくうす暗い雲を支えている。

どうにもならない事を、どうにかするためには、手段を選んでいる遑《いとま》はない。選んでいれば、築土《ついじ》の下か、道ばたの土の上で、饑死《うえじに》をするばかりである。そうして、この門の上へ持って来て、犬のように棄てられてしまうばかりである。選ばないとすれば——下人の考えは、何度も同じ道を低徊《ていかい》した揚句《あげく》に、やっとこの局所へ逢着《ほうちゃく》した。しかしこの「すれば」は、何時《いつ》までたっても、結局「すれば」であった。下人は、手段を選ばないという事を肯定しながらも、この「すれば」のかたをつけるために、当然、その後に来《きた》るべき「盗人になるより外に仕方がない」という事を、積極的に肯定するだけの、勇気が出ずにいたのである。

下人は、大きな嚔《くさめ》をして、それから、大儀《たいぎ》そうに立上った。夕冷えのする京都は、もう火桶《ひおけ》が欲しいほどの寒さである。風は門の柱と柱との間を、夕闇とともに遠慮なく、吹きぬける。丹塗の柱にとまっていた蟋蟀も、もうどこかへ行ってしまった。

下人は、頸《くび》をちぢめながら、山吹の*汗衫《かざみ》に重ねた、紺の襖の肩を高くして、門のまわりを見まわした。雨風の患《うれえ》のない、人目にかかる惧《おそれ》のない、一晩楽にねられそうな所があれば、そこでともかくも、夜を明かそうと思ったからである。すると、幸《さいわい》門の上の楼《ろう》へ上る、幅の広い、これも丹を塗った梯子《はしご》が眼についた。上なら、人がいたにしても、どうせ死人ばかりである。下人はそこで、腰にさげた*聖柄《ひじりづか》の太刀《たち》が鞘走《さやばし》らないように気をつけながら、藁草履《わらぞうり》をはいた足を、その梯子の一番下の段へふみかけた。

それから、何分かの後である。羅生門の楼の上へ出る、幅の広い梯子の中段に、一人の男が、猫のように身をちぢめて、息を殺しながら、上の容子《ようす》を窺《うかが》っていた。楼の上からさす火の光が、かすかに、その男の右の頰をぬらしている。短い鬚《ひげ》の中に、赤く膿《うみ》を持った面皰《にきび》のある頰である。下人は、始めから、この上にいる者は、死人ばかりだと高を括《くく》っていた。それが、梯子を二、三段上って見ると、上では誰か火をとぼして、しかもその火を其処此処《そこここ》と、動かしているらしい。これは、その濁った、黄いろい光が、隅々に蜘蛛の巣をかけた天井裏に、揺れながら映ったので、すぐにそれと知れたのである。この雨の夜に、この羅生門の上で、火をともしているからは、どうせただの者ではない。

下人は、守宮《やもり》のように足音をぬすんで、やっと急な梯子を、一番上の段まで這《は》うようにして上りつめた。そうして体を出来るだけ、平《たいら》にしながら、頸《くび》を出来るだけ、前へ出して、恐る恐る、楼の内を覗《のぞ》いて見た。

見ると、楼の内には、噂に聞いた通り、いくつかの屍骸《しがい》が、無造作に棄ててあるが、火の光の及ぶ範囲が、思ったより狭いので、数はいくつともわからない。ただ、おぼろげながら、知れるのは、その中に裸の屍骸《しがい》と、着物を着た屍骸とがあるという事である。勿論、中には女も男もまじっているらしい。そうして、その屍骸は皆、それが、かつて、生きていた人間だという事実さえ疑われるほど、土を捏《こ》ねて造った人形のように、口を開《あ》いたり手を延ばしたりして、ごろごろ床《ゆか》の上にころがっていた。しかも、肩とか胸とかの高くなっている部分に、ぼんやりした火の光をうけて、低くなっている部分の影を一層暗くしながら、永久に唖《おし》の如く黙っていた。

下人は、それらの屍骸の腐爛《ふらん》した臭気に思わず、鼻を掩《おお》った。しかし、その手は、次の瞬間には、もう鼻を掩う事を忘れていた。或る強い感情が、殆《ほとんど》悉《ことごとく》この男の嗅覚《きゅうかく》を奪ってしまったからである。

下人の眼は、その時、はじめて、その屍骸の中に蹲《うずくま》っている人間を見た。*檜皮色《ひわだいろ》の着物を着た、背の低い、痩《や》せた、白髪頭《しらがあたま》の、猿のような老婆である。その老婆は、右の手に火をともした松の木片《きぎれ》を持って、その屍骸の一つの顔を覗きこむように眺めていた。髪の毛の長い所を見ると、多分女の屍骸であろう。

下人は、六分の恐怖と四分の好奇心とに動かされて、暫時《ざんじ》は呼吸《いき》をするのさえ忘れていた。旧記の記者の語を借りれば、「*頭身《とうしん》の毛も太る」ように感じたのである。すると、老婆は、松の木片を、床板の間に挿《さ》して、それから、今まで眺めていた屍骸の首に両手をかけると、丁度《ちょうど》、猿の親が猿の子の虱《しらみ》をとるように、その長い髪の毛を一本ずつ抜きはじめた。髪は手に従って抜けるらしい。

その髪の毛が、一本ずつ抜けるのに従って、下人の心からは、恐怖が少しずつ消えて行った。そうして、それと同時に、この老婆に対するはげしい憎悪が、少しずつ動いて来た。——いや、この老婆に対するといっては、語弊《ごへい》があるかも知れない。むしろ、あらゆる悪に対する反感が、一分ごとに強さを増して来たのである。この時、誰かがこの下人に、さっき門の下でこの男が考えていた、饑死をするか盗人になるかという問題を、改めて持出《もちだ》したら、恐らく下人は、何の未練もなく、饑死を選んだ事であろう。それほど、この男の悪を憎む心は、老婆の床《ゆか》に挿した松の木片のように、勢《いきお》よく燃え上り出していたのである。

下人には、勿論、何故老婆が死人の髪の毛を抜くかわからなかった。従って、合理的には、それを善悪のいずれに片づけてよいか知らなかった。しかし下人にとっては、この雨の夜に、この羅生門の上で、死人の髪の毛を抜くという事が、それだけで既に許すべからざる悪であった。勿論、下人は、さっきまで自分が、盗人になる気でいた事なぞは、とうに忘れているのである。

そこで、下人は、両足に力を入れて、いきなり、梯子から上へ飛び上った。そうして聖柄《ひじりづか》の太刀に手をかけながら、大股に老婆の前へ歩みよった。老婆が驚いたのはいうまでもない。

老婆は、一目下人を見ると、まるで弩《いしゆみ》にでも弾《はじ》かれたように、飛び上った。

「おのれ、どこへ行く。」

下人は、老婆が屍骸につまずきながら、慌《あわ》てふためいて逃げようとする行手を塞《ふさ》いで、こう罵《ののし》った。老婆は、それでも下人をつきのけて行こうとする。下人はまた、それを行かすまいとして、押しもどす。二人は屍骸の中で、暫《しばらく》、無言のまま、つかみ合った。しかし勝敗は、はじめから、わかっている。下人はとうとう、老婆の腕をつかんで、無理にそこへ扭《ね》じ倒《たお》した。丁度、鶏の脚《あし》のような、骨と皮ばかりの腕である。

「何をしていた。いえ。いわぬと、これだぞよ。」

下人は、老婆をつき放すと、いきなり、太刀の鞘を払って、白い鋼《はがね》の色をその眼の前へつきつけた。けれども、老婆は黙っている。両手をわなわなふるわせて、肩で息を切りながら、眼を、眼球が眶《まぶた》の外へ出そうになるほど、見開いて、唖のように執拗《しゅうね》く黙っている。これを見ると、下人は始めて明白にこの老婆の生死が、全然、自分の意志に支配されているという事を意識した。そうしてこの意識は、今までけわしく燃えていた憎悪の心を、何時の間にか冷《さ》ましてしまった。後に残ったのは、ただ、ある仕事をして、それが円満に成就した時の、安らかな得意と満足とがあるばかりである。そこで、下人は、老婆を、見下しながら、少し声を柔《やわら》げてこういった。

「己《おの》は*検非違使《けびいし》の庁の役人などではない。今し方この門の下を通りかかった旅の者だ。だからお前に縄をかけて、どうしようというような事はない。ただ今時分、この門の上で、何をしていたのだか、それを己に話しさえすればいいのだ。」

　すると、老婆は、見開いていた眼を、一層大きくして、じっとその下人の顔を見守った。眶《まぶた》の赤くなった、肉食鳥のような、鋭い眼で見たのである。それから、皺《しわ》で、殆《ほとんど》、鼻と一つになった唇を、何か物でも噛《か》んでいるように動かした。細い喉《のど》で、尖った喉仏《のどぼとけ》の動いているのが見える。その時、その喉から、鴉の啼《な》くような声が、喘《あえ》ぎ喘ぎ、下人の耳へ伝わって来た。

「この髪を抜いてな、この髪を抜いてな、鬘《かつら》にしょうと思うたのじゃ。」

　下人は、老婆の答が存外、平凡なのに失望した。そうして失望すると同時に、また前の憎悪が、冷《ひややか》な侮蔑と一しょに、心の中へはいって来た。すると、その気色《けしき》が、先方へも通じたのであろう。老婆は、片手に、まだ屍骸の頭から奪《と》った長い抜け毛を持ったなり、蟇《ひき》のつぶやくような声で、口ごもりながら、こんな事をいった。

「なるほどな、死人《しびと》の髪の毛を抜くという事は、何ぼう悪い事かも知れぬ。じゃが、ここにいる死人どもは、皆、その位な事を、されてもいい人間ばかりだぞよ。現在、わしが今、髪を抜いた女などはな、蛇を四寸ばかりずつに切って干したのを、干魚《ほしうお》だというて、*太刀帯《たてわき》の陣へ売りに往《ゆ》んだわ。疫病《えやみ》にかかって死ななんだら、今でも売りに往《い》んでいた事であろ。それもよ、この女の売る干魚は、味がよいというて、太刀帯どもが、欠かさず菜料《さいりょう》に買っていたそうな。わしは、この女のした事が悪いとは思うていぬ。せねば、饑死をするのじゃて、仕方がなくした事であろ。されば、今また、わしのしていた事も悪い事とは思わぬよ。これとてもやはりせねば、饑死をするじゃて、仕方がなくする事じゃわいの。じゃて、その仕方がない事を、よく知っていたこの女は、大方《おおかた》わしのする事も大目に見てくれるであろ。」

老婆は、大体こんな意味の事をいった。

下人は、太刀を鞘におさめて、その太刀の柄《つか》を左の手でおさえながら、冷然として、この話を聞いていた。勿論、右の手では、赤く頰に膿を持った大きな面皰を気にしながら、聞いているのである。しかし、これを聞いている中《うち》に、下人の心には、ある勇気が生まれて来た。それは、さっき門の下で、この男には欠けていた勇気である。そうして、またさっきこの門の上へ上って、この老婆を捕えた時の勇気とは、全然、反対な方向に動こうとする勇気である。下人は、饑死をするか盗人になるかに、迷わなかったばかりではない。その時のこの男の心もちからいえば、饑死などという事は、殆《ほとんど》、考える事さえ出来ないほど、意識の外に追い出されていた。

「きっと、そうか。」

老婆の話が完《おわ》ると、下人は嘲《あざけ》るような声で念を押した。そうして、一足前へ出ると、不意に右の手を面皰から離して、老婆の襟上《えりがみ》をつかみながら、噛みつくようにこういった。

「では、己が引剝《ひはぎ》をしようと恨《うら》むまいな。己もそうしなければ、饑死をする体なのだ。」

下人は、すばやく、老婆の着物を剝《は》ぎとった。それから、足にしがみつこうとする老婆を、手荒く屍骸の上へ蹴倒した。梯子の口までは、僅《わずか》に五歩を数えるばかりである。下人は、剝ぎとった檜皮色の着物をわきにかかえて、またたく間に急な梯子を夜の底へかけ下りた。

暫《しばらく》、死んだように倒れていた老婆が、屍骸の中から、その裸の体を起したのは、それから間もなくの事である。老婆は、つぶやくような、うめくような声を立てながら、まだ燃えている火の光をたよりに、梯子の口まで、這《は》って行った。そうして、そこから、短い白髪を倒《さかさま》にして、門の下を覗きこんだ。外には、ただ、*黒洞々《こくとうとう》たる夜があるばかりである。

下人の行方《ゆくえ》は、誰も知らない。

――四年九月――

鼻

禅智《ぜんち》*内供《ないぐ》の鼻といえば、*池《いけ》の尾《お》で知らない者はない。長さは五、六寸あって、上唇の上から顋《あご》の下まで下っている。形は元も先も同じように太い。いわば細長い腸詰めのような物が、ぶらりと顔のまん中からぶら下っているのである。

五十歳を越えた内供は、*沙弥《しゃみ》の昔から内道場供奉《ないどうじょうぐぶ》の職に陞《のぼ》った今日まで、内心では始終この鼻を苦に病んで来た。勿論《もちろん》表面では、今でもさほど気にならないような顔をしてすましている。これは専念に当来の浄土を渇仰《かつごう》すべき僧侶の身で、鼻の心配をするのが悪いと思ったからばかりではない。それよりむしろ、自分で鼻を気にしているという事を、人に知られるのが嫌《いや》だったからである。内供は日常の談話の中に、鼻という語が出て来るのを何よりも惧《おそ》れていた。

内供が鼻を持てあました理由は二つある。――一つは実際的に、鼻の長いのが不便だったからである。第一飯を食う時にも独《ひと》りでは食えない。独りで食えば、鼻の先が*鋺《かなまり》の中の飯へとどいてしまう。そこで内供は弟子の一人を膳《ぜん》の向うへ坐らせて、飯を食う間中、広さ一寸長さ二尺ばかりの板で、鼻を持上げていてもらう事にした。しかしこうして飯を食うという事は、持上げている弟子にとっても、持上げられている内供にとっても、決して容易な事ではない。一度この弟子の代りをした*中童子《ちゅうどうじ》が、嚔《くさめ》をした拍子に手がふるえて、鼻を粥《かゆ》の中へ落した話は、当時京都まで喧伝《けんでん》された。――けれどもこれは内供にとって、決して鼻を苦に病んだ重《おも》な理由ではない。内供は実にこの鼻によって傷《きず》つけられる自尊心のために苦しんだのである。

池の尾の町の者は、こういう鼻をしている禅智内供のために、内供の俗でない事を仕《し》合《あわ》せだといった。あの鼻では誰も妻になる女があるまいと思ったからである。中にはまた、あの鼻だから出家したのだろうと批評する者さえあった。しかし内供は、自分が僧であるために、幾分でもこの鼻に煩《わずら》わされる事が少くなったとは思っていない。内供の自尊心は、妻帯というような結果的な事実に左右されるためには、余りにデリケイトに出来ていたのである。そこで内供は、積極的にも消極的にも、この自尊心の毀損《きそん》を恢復《かいふく》しようと試みた。

第一に内供の考えたのは、この長い鼻を実際以上に短く見せる方法である。これは人のいない時に、鏡へ向って、いろいろな角度から顔を映しながら、熱心に工夫を凝《こ》らして見た。どうかすると、顔の位置を換《か》えるだけでは、安心が出来なくなって、頬杖《ほおづえ》をついたり頤《あご》の先へ指をあてがったりして、根気よく鏡を覗《のぞ》いて見る事もあった。しかし自分でも満足するほど、鼻が短く見えた事は、これまでにただの一度もない。時によると、苦心すればするほど、かえって長く見えるような気さえした。内供は、こういう時には、鏡を筥《はこ》へしまいながら、今更のようにため息をついて、不承不承にまた元の経机《きょうづくえ》へ観音経をよみに帰るのである。

それからまた内供は、絶えず人の鼻を気にしていた。池の尾の寺は、*僧供《そうぐ》講説《こうせつ》などのしばしば行われる寺である。寺の内には、僧坊が隙《すき》なく建て続いて、湯屋《ゆや》では寺の僧が日ごとに湯を沸かしている。従ってここへ出入《しゅつにゅう》する僧俗の類も甚《はなは》だ多い。内供はこういう人々の顔を根気よく物色《ぶっしょく》した。一人でも自分のような鼻のある人間を見つけて、安心がしたかったからである。だから内供の眼には、紺の水干《すいかん》も白の帷子《かたびら》もはいらない。まして柑子《こうじ》色《いろ》の帽子や、*椎鈍《しいにび》の法衣《ころも》なぞは、見慣れているだけに、有れども無きが如くである。内供は人を見ずに、ただ、鼻を見た。——しかし鍵鼻《かぎばな》はあっても、内供のような鼻は一つも見当らない。その見当らない事が度重《たびかさ》なるに従って、内供の心は次第にまた不快になった。内供が人と話しながら、思わずぶらりと下っている鼻の先をつまんで見て、年甲斐もなく顔を赤めたのは、全くこの不快に動かされての所為《しょい》である。

最後に、内供は、*内典外典《ないてんげてん》の中に、自分と同じような鼻のある人物を見出して、せめても幾分の心やりにしようとさえ思った事がある。けれども、*目連《もくれん》や、舎利弗《しゃりほつ》の鼻が長かったとは、どの経文にも書いてない。勿論*竜樹《りゅうじゅ》や馬鳴《めみょう》も、人並の鼻を備えた菩薩《ぼさつ》である。内供は、*震旦《しんたん》の話のついでに蜀漢《しょくかん》の*劉玄徳《りゅうげんとく》の耳が長かったという事を聞いた時に、それが鼻だったら、どの位自分は心細くなくなるだろうと思った。

内供がこういう消極的な苦心をしながらも、一方ではまた、積極的に鼻の短くなる方法を試みた事は、わざわざここにいうまでもない。内供はこの方面でも殆《ほとんど》出来るだけの事をした。烏瓜《からすうり》を煎《せん》じて飲んで見た事もある、鼠の尿《いばり》を鼻へなすって見た事もある。しかし何をどうしても、鼻は依然として、五、六寸の長さをぶらりと唇の上にぶら下げているではないか。

ところがある年の秋、内供の用を兼ねて、京へ上った弟子の僧が、知己《しるべ》の医者から長い鼻を短くする法を教わっていた。その医者というのは、もと震旦から渡って来た男で、当時は*長楽寺《ちょうらくじ》の供僧になっていたのである。

内供は、いつものように、鼻などは気にかけないという風《ふう》をして、わざとその法もすぐにやって見ようとはいわずにいた。そうして一方では、気軽な口調で、食事の度《たび》ごとに、弟子の手数をかけるのが、心苦しいというような事をいった。内心では勿論弟子の僧が、自分を説伏せて、この法を試みさせるのを待っていたのである。弟子の僧にも、内供のこの策略がわからないはずはない。しかしそれに対する反感よりは、内供のそういう策略をとる心もちの方が、より強くこの弟子の僧の同情を動かしたのであろう。弟子の僧は、内供の予期通り、口を極めて、この法を試みる事を勧《すす》め出した。そうして、内供自身もまた、その予期通り、結局この熱心な勧告に聴従《ちょうじゅう》する事になった。

その法というのは、ただ、湯で鼻を茹《ゆ》でて、その鼻を人に踏ませるという、極めて簡単なものであった。

湯は寺の湯屋《ゆや》で、毎日沸かしている。そこで弟子の僧は、指も入れないような熱い湯を、すぐに*提《ひさげ》に入れて、湯屋から汲んで来た。しかしじかにこの提へ鼻を入れるとなると、湯気に吹かれて顔を火傷《やけど》する惧《おそれ》がある。そこで*折敷《おしき》へ穴をあけて、それを提の蓋《ふた》にして、その穴から鼻を湯の中へ入れる事にした。鼻だけはこの熱い湯の中へ浸しても、少しも熱くないのである。しばらくすると弟子の僧がいった。

――もう茹《うだ》った時分でござろう。

内供は苦笑した。これだけ聞いたのでは、誰も鼻の話とは気がつかないだろうと思ったからである。鼻は熱湯に蒸されて、蚤《のみ》の食ったようにむず痒《かゆ》い。

弟子の僧は、内供が折敷の穴から鼻をぬくと、そのまだ湯気の立っている鼻を、両足に力を入れながら、踏みはじめた。内供は横になって、鼻を床板の上へのばしながら、弟子の僧の足が上下《うえした》に動くのを眼の前に見ているのである。弟子の僧は、時々気の毒そうな顔をして、内供の禿げ頭を見下しながら、こんな事をいった。

――痛うはござらぬかな。医師は責めて踏めと申したで。じゃが、痛うはござらぬかな。

内供は、首を振って、痛くないという意味を示そうとした。ところが鼻を踏まれているので思うように首が動かない。そこで、上眼を使って、弟子の僧の足に皸《あかぎれ》のきれているのを眺めながら、腹を立てたような声で、

――痛うはないて。

と答えた。実際鼻はむず痒い所を踏まれるので、痛いよりもかえって気もちのいい位だったのである。

しばらく踏んでいると、やがて、粟粒《あわつぶ》のようなものが、鼻へ出来はじめた。いわば毛をむしった小鳥をそっくり丸炙《まるやき》にしたような形である。弟子の僧はこれを見ると、足を

止めて独り言のようにこういった。

――これを鑷子《けぬき》でぬけと申す事でござった。

内供は、不足らしく頬をふくらせて、黙って弟子の僧のするなりに任せておいた。勿論弟子の僧の親切がわからない訳《わけ》ではない。それは分っても、自分の鼻をまるで物品のように取扱うのが、不愉快に思われたからである。内供は、信用しない医者の手術をうける患者のような顔をして、不承不承に弟子の僧が、鼻の毛穴から鑷子で脂《あぶら》をとるのを眺めていた。脂は、鳥の羽の茎のような形をして、四分ばかりの長さにぬけるのである。

やがてこれが一通りすむと、弟子の僧は、ほっと一息ついたような顔をして、

――もう一度、これを茹でればようござる。

といった。

内供はやはり、八の字をよせたまま不服らしい顔をして、弟子の僧のいうなりになっていた。

さて二度目に茹でた鼻を出して見ると、なるほど、何時《いつ》になく短くなっている。これではあたりまえの鍵鼻《かぎばな》と大した変りはない。内供はその短くなった鼻を撫《な》でながら、弟子の僧の出してくれる鏡を、極《きま》りが悪《わ》るそうにおずおず覗いて見た。

鼻は――あの顋《あご》の下まで下っていた鼻は、殆嘘《ほとんど》のように萎縮して、今は僅《わずか》に上唇の上で意気地《いくじ》なく残喘《ざんぜん》を保っている。所々まだらに赤くなっているのは、恐らく踏まれた時の痕《あと》であろう。こうなれば、もう誰も哂《わら》うものはないのにちがいない。――鏡の中にある内供の顔は、鏡の外にある内供の顔を見て、満足そうに眼をしばたたいた。

しかし、その日はまだ一日、鼻がまた長くなりはしないかという不安があった。そこで内供は誦経《ずきょう》する時にも、食事をする時にも、暇さえあれば手を出して、そっと鼻の先にさわって見た。が、鼻は行儀よく唇の上に納まっているだけで、格別それより下へぶら下って来る気色《けしき》もない。それから一晩寝てあくる日早く眼がさめると内供は先、第一に、自分の鼻を撫《な》でて見た。鼻は依然として短い。内供はそこで、幾年にもなく、法華経書写の功を積んだ時のような、のびのびした気分になった。

ところが二、三日たつ中に、内供は意外な事実を発見した。それは折から、用事があって、池の尾の寺を訪れた侍が、前よりも一層可笑《おか》しそうな顔をして、話も碌々《ろくろく》せずに、じろじろ内供の鼻ばかり眺めていた事である。それのみならず、かつて、内供の鼻を粥の中へ落した事のある中童子《ちゅうどうじ》なぞは、講堂の外で内供と行きちがった時に、始めは、下を向いて可笑しさをこらえていたが、とうとうこらえ兼ねたと見えて、一度にふっと吹き出してしまった。用をいいつかった下法師《しもほうし》たちが、面と向っている間だけは、慎《つつし》んで聞いていても、内供が後さえ向けば、すぐにくすくす笑い出したのは、一度や二度の事ではない。

内供は始《はじめ》、これを自分の顔がわりがしたせいだと解釈した。しかしどうもこの解釈だけでは十分に説明がつかないようである。――勿論、中童子や下法師が哂《わら》う原因は、そこにあるのにちがいない。けれども同じ哂うにしても、鼻の長かった昔とは、哂うのにどことなく容子《ようす》がちがう。見慣れた長い鼻より、見慣れない短い鼻の方が滑稽《こっけい》に見えるといえば、それまでである。が、そこにはまだ何かあるらしい。

――前にはあのようにつけつけとは哂わなんだて。

内供は、誦《ず》しかけた経文をやめて、禿げ頭を傾けながら、時々こう呟《つぶや》く事があった。愛すべき内供は、そういう時になると、必《かならず》ぼんやり、傍にかけた普賢《ふげん》の画像を眺めながら、鼻の長かった四、五日前の事を憶《おも》い出して、「今はむげにいやしくなりさがれる人の、さかえたる昔をしのぶがごとく」ふさぎこんでしまうのである。――内供には、遺憾《いかん》ながらこの問に答を与える明が欠けていた。

――人間の心には互に矛盾した二つの感情がある。勿論、誰でも他人の不幸に同情しない者はない。ところがその人がその不幸を、どうにかして切りぬける事が出来ると、今度はこっちで何となく物足りないような心もちがする。少し誇張していえば、もう一度その人を、同じ不幸に陥《おとしい》れて見たいような気にさえなる。そうして何時の間にか、消極的ではあるが、ある敵意をその人に対して抱くような事になる。――内供が、理由を知らないながらも、何となく不快に思ったのは、池の尾の僧俗の態度に、この傍観者の利己主義をそれとなく感づいたからに外ならない。

そこで内供は日ごとに機嫌が悪くなった。二言目には、誰でも意地悪く叱りつける。しまいには鼻の療治をしたあの弟子の僧でさえ、「内供は＊法慳貪《ほうけんどん》の罪を受けられるぞ」と陰口をきくほどになった。殊《こと》に内供を忿《おこ》らせたのは、例の悪戯《いたずら》な中童子である。ある日、けたたましく犬の吠える声がするので、内供が何気なく外へ出て見ると、中童子は、二尺ばかりの木の片《きれ》をふりまわして、毛の長い、痩せた尨犬《むくいぬ》を逐《お》いまわしている。それもただ、逐いまわしているのではない。「鼻を打たれまい。それ、鼻を打たれまい」と囃《はや》しながら逐いまわしているのである。内供は、中童子の手からその木の片をひったくって、したたかその顔を打った。木の片は以前の鼻持上《はなもた》げの木だったのである。

内供はなまじいに、鼻の短くなったのが、かえって恨めしくなった。

するとある夜の事である。日が暮れてから急に風が出たと見えて、塔の風鐸《ふうたく》の鳴る音が、うるさいほど枕に通って来た。その上、寒さもめっきり加わったので、老年の内供は寝つこうとしても寝つかれない。そこで床の中でまじまじしていると、ふと鼻が何時になく、むず痒いのに気がついた。手をあてて見ると少し水気《すいき》が来たようにむくんでいる。どうやらそこだけ、熱さえもあるらしい。

――無理に短うしたで、病が起ったのかも知れぬ。

内供は、仏前に香花《こうげ》を供えるような恭《うやうや》しい手つきで、鼻を抑えながら、こう呟いた。

翌朝、内供が何時《いつ》ものように早く眼をさまして見ると、寺内の銀杏《いちょう》や橡《とち》が一晩の中に葉を落したので、庭は黄金《きん》を敷いたように明《あかる》い。塔の屋根には霜が下りているせいであろう。まだうすい朝日に、九輪《くりん》がまばゆく光っている。禅智内供は、蔀《しとみ》を上げた縁に立って、深く息をすいこんだ。

殆《ほとんど》、忘れようとしていたある感覚が、再《ふたたび》内供に帰って来たのはこの時である。

内供は慌《あわ》てて鼻へ手をやった。手にさわるものは、昨夜《ゆうべ》の短い鼻ではない。上唇の上から顋《あご》の下まで、五、六寸あまりもぶら下っている、昔の長い鼻である。内供は鼻が一夜の中に、また元の通り長くなったのを知った。そうしてそれと同時に、鼻が短くなった時と同じような、はればれした心もちが、どこからともなく帰って来るのを感じた。

——こうなれば、もう誰も哂うものはないにちがいない。

内供は心の中でこう自分に囁《ささや》いた。長い鼻をあけ方の秋風にぶらつかせながら。

——五年一月——

芋《いも》粥《がゆ》

*元慶《げんけい》の末か、仁和《にんな》の始《はじめ》にあった話であろう。どちらにしても時代はさして、この話に大事な役を、勤めていない。読者はただ、平安朝という、遠い昔が背景になっているという事を、知ってさえいてくれれば、よいのである。——その頃、*摂政藤原基経《せっしょうふじわらのもとつね》に仕えている侍の中に、某《なにがし》という*五位があった。

これも、某と書かずに、何《なん》の誰と、ちゃんと姓名を明《あきらか》にしたいのであるが、生憎《あいにく》旧記には、それが伝わっていない。恐らくは、実際、伝わる資格がないほど、平凡な男だったのであろう。一体旧記の著者などという者は、平凡な人間や話に、余り興味を持たなかったらしい。この点で、彼らと、日本の自然派の作家とは、大分ちがう。王朝時代の小説家は、存外、閑人《ひまじん》でない。——とにかく、摂政藤原基経に仕えている侍の中に、某という五位があった。これが、この話の主人公である。

五位は、風采《ふうさい》の甚《はなはだ》揚《あが》らない男であった。第一背《せい》が低い。それから赤鼻で、眼尻が下っている、口髭《くちひげ》は勿論《もちろん》薄い。頬が、こけているから、頤《あご》が、人並はずれて、細く見える。唇は——一々、数え立てていれば、際限はない。我《わが》五位の外貌はそれほど、非凡に、だらしなく、出来上っていたのである。

この男が、何時《いつ》、どうして、基経に仕えるようになったのか、それは誰も知っていない。が、よほど以前から、同じような色の褪《さ》めた*水干《すいかん》に、同じような萎々《なえなえ》した烏帽子《えぼうし》をかけて、同じような役目を、飽《あ》きずに、毎日、繰返している事だけは、確《たしか》である。その結果であろう、今では、誰が見ても、この男に若い時があったとは思われない。（五位は四十を越していた。）その代り生まれた時から、あの通り寒《さ》むそうな赤鼻と、形ばかりの口髭とを、朱雀大路《しゅじゃくおおじ》の衢風《ちまたかぜ》に、吹かせていたという気がする。上は主人の基経から、下は牛飼の童児まで、無意識ながら、悉《ことごとく》そう信じて疑う者がない。

こういう風采を具《そな》えた男が、周囲から、受ける待遇は、恐らく書くまでもない事であろう。*侍所にいる連中《れんちゅう》は、五位に対して、殆《ほとん》ど蠅ほどの注意も払わない。有位無位《ういむい》、併《あわ》せて二十人に近い下役《したやく》さえ、彼の出入りには、不思議な位、冷淡を極めている。五位が何かいいつけても、決して彼ら同志の雑談をやめた事はない。彼らにとっては、空気の存在が見えないように、五位の存在も、眼を遮《さえぎ》らないのであろう。下役でさえそうだとすれば、*別当《べっとう》とか、侍所の司《つかさ》とかいう上役たちが頭から彼を相手にしないのは、むしろ自然《しぜん》の数である。彼らは、五位に対すると、殆ど、小供らしい無意味な悪意を、冷然とした表情の後に隠して、何をいうのでも、手真似《てまね》だけで用を足した。人間に言語があるのは、偶然ではない。従って、彼らも手真似では用を弁じない事が、時々ある。が、彼らは、それを全然五位の悟性に、欠陥があるからだと、思っているらしい。そこで彼らは用が足りないと、この男の歪《ゆが》んだ揉烏帽子《もみえぼうし》の先から、切れかかった藁草履《わらぞうり》の尻まで、万遍なく見上げたり、見下したりして、それから、鼻で哂《わら》いながら、急に後を向いてしまう。それでも、五位は、腹を立てた事がない。彼は、一切の不正を、不正として感じないほど、意気地《いくじ》のない、臆病な人間だったのである。

ところが、同僚の侍たちになると、進んで、彼を翻弄《ほんろう》しようとした。年がさの同僚が、彼の振わない風采を材料にして、古い洒落《しゃれ》を聞かせようとする如く、年下の同僚も、またそれを機会にして、いわゆる*興言利口《きょうげんりこう》の練習をしようとしたからである。彼らは、この五位の面前で、その鼻と口髭と、烏帽子と水干とを、*品騭《ひんしつ》して飽きる事を知らなかった。そればかりではない。彼が五、六年前に別れたうけ唇《くち》の女房とその女房と関係があったという酒のみの法師とも、しばしば彼らの話題になった。その上、どうかすると、彼らは甚《はなはだ》、性質《たち》の悪い悪戯《いたずら》さえする。それを今一々、列記する事は出来ない。が、彼の*篠枝《ささえ》の酒を飲んで、後へ尿《いばり》を入れておいたという事を書けば、その外はおよそ、想像される事だろうと思う。

しかし、五位はこれらの揶揄《やゆ》に対して、全然無感覚であった。少くもわき眼には、無感覚であるらしく思われた。彼は何をいわれても、顔の色さえ変えた事がない。黙って例の薄い口髭を撫《な》でながら、するだけの事をしてすましている。ただ、同僚の悪戯が、高《こう》じすぎて、髷《まげ》に紙切れをくっつけたり、太刀《たち》の鞘《さや》に草履を結びつけたりすると、彼は笑うのか、泣くのか、わからないような笑顔をして、「いけぬのう、お身《み》たちは。」という。その顔を見、その声を聞いた者は、誰でも一時あるいじらしさに打たれてしまう。（彼らにいじめられるのは、一人、この赤鼻の五位だけではない。彼らの知らない誰かが――多数の誰かが、彼の顔と声とを借りて、彼らの無情を責めている。）――そういう気が、朧《おぼろ》げながら、彼らの心に、一瞬の間にしみこんで来るからである。ただその時の心もちを、何時までも持続ける者は甚《はなはだ》少い。その少い中の一人に、ある無位の侍があった。これは丹波の国から来た男で、まだ柔《やわらか》い口髭が、やっと鼻の下に、生えかかった位の青年である。勿論、この男も始めは皆と一しょに、何の理由もなく、赤鼻の五位を軽蔑した。ところが、ある日何かの折に、「いけぬのう、お身たちは」という声を聞いてからは、どうしても、それが頭を離れない。それ以来、この男の眼《め》にだけは、五位が全く別人として、映るようになった。営養の不足した、血色の悪い、間のぬけた五位の顔にも、世間の迫害にべそを掻《か》いた、「人間」が覗《のぞ》いているからである。この無位の侍には、五位の事を考える度《たび》に、世の中のすべてが、急に、本来の下等さを露《あらわ》すように思われた。そうしてそれと同時に霜げた赤鼻と数えるほどの口髭とが、何となく一味の慰安を自分の心に伝えてくれるように思われた。……

　しかし、それは、ただこの男一人に、限った事である。こういう例外を除けば、五位は、依然として周囲の軽蔑の中に、犬のような生活を続けて行かなければならなかった。第一彼には着物らしい着物が一つもない。*青鈍《あおにび》の水干と、同じ色の*指貫《さしぬき》とが一つずつあるが、今ではそれが上白《うわじろ》んで、藍とも紺とも、つかないような色に、なっている。水干はそれでも、肩が少し落ちて、丸組《まるぐみ》の緒や菊綴《きくとじ》の色が怪しくなっているだけだが、指貫になると、裾のあたりのいたみ方が、一通りでない。その指貫の中から、下の袴もはかない、細い足が出ているのを見ると、口の悪い同僚でなくとも、痩公卿《やせくげ》の車を牽《ひ》いている、痩牛の歩みを見るような、みすぼらしい心もちがする。それに佩《はい》ている太刀も、頗《すこぶ》る覚束《おぼつか》ない物で、柄の金具も如何《いかが》わしければ、黒鞘《くろざや》の塗も剝《は》げかかっている。これが例の赤鼻で、だらしなく草履をひきずりながら、ただでさえ猫背なのを、一層寒空の下に背ぐくまって、もの欲しそうに、左右を眺め眺め、きざみ足に歩くのだから、通りがかりの物売りまで莫迦《ばか》にするのも、無理はない。現に、こういう事さえあった。……

或る日、五位が*三条坊門を*神泉苑《しんぜんえん》の方へ行く所で、子供が六、七人、路《みち》ばたに集って何《な》にかしているのを見た事がある。「*こまつぶり」でも、廻しているのかと思って、後ろから覗いて見ると、何処《どこ》かから迷って来た、尨犬《むくいぬ》の首へ縄をつけて、打ったり殴《たた》いたりしているのであった。臆病な五位は、これまで何かに同情を寄せる事があっても、あたりへ気を兼ねて、まだ一度もそれを行為に現わした事がない。が、この時だけは相手が子供だというので、幾分か勇気が出た。そこで出来るだけ、笑顔をつくりながら、年かさらしい子供の肩を叩いて、「もう、堪忍《かんにん》してやりなされ。犬も打たれれば、痛いでのう」と声をかけた。するとその子供はふりかえりながら、上眼《うわめ》を使って、蔑《さげ》すむように、じろじろ五位の姿を見た。いわば侍所の別当が用の通じない時に、この男を見るような顔をして、見たのである。「いらぬ世話はやかれとうもない。」その子供は一足下りながら、高慢な唇を反《そ》らせて、こういった。「何じゃ、この鼻赤めが。」五位は、この語《ことば》が自分の顔を打ったように感じた。が、それは悪態をつかれて、腹が立ったからでは毛頭ない。いわなくともいい事をいって、恥をかいた自分が、情なくなったからである。

彼は、きまりが悪いのを苦しい笑顔に隠しながら、黙って、また、神泉苑の方へ歩き出した。後では、子供が、六、七人、肩を寄せて、「べっかっこう」をしたり、舌を出したりしている。勿論《もちろん》彼はそんな事を知らない。知っていたにしても、それが、この意気地のない五位にとって、何であろう。……

では、この話の主人公は、ただ、軽蔑されるためにのみ生れて来た人間で、別に何の希望も持っていないかというと、そうでもない。五位は五、六年前から芋粥《いもがゆ》という物に、異常な執着を持っている。芋粥とは山の芋を中に切込んで、それを甘葛《あまずら》の汁で煮た、粥《かゆ》の事をいうのである。当時はこれが、無上の佳味として、上は万乗《*ばんじょう》の君の食膳にさえ、上《のぼ》せられた。従って、我《わが》五位の如き人間の口へは、年に一度、臨時の客の折にしか、はいらない。その時でさえ飲めるのは、僅《わずか》に喉《のど》を沾《うるお》すに足るほどの少量である。そこで芋粥を飽きるほど飲んで見たいという事が、久しい前から、彼の唯一の欲望になっていた。勿論、彼は、それを誰にも話した事がない。いや彼自身さえそれが、彼の一生を貫いている欲望だとは、明白に意識しなかった事であろう。が事実は、彼がそのために、生きているといっても、差支《さしつかえ》ないほどであった。――人間は、時として、充《みた》されるか、充されないか、わからない欲望のために、一生を捧げてしまう。その愚を哂《わら》う者は、畢竟《ひっきょう》、人生に対する路傍の人に過ぎない。

しかし、五位が夢想していた、「芋粥に飽かむ」事は、存外容易に事実となって、現れた。その始終を書こうというのが、芋粥の話の目的なのである。

ある年の正月二日、基経《もとつね》の第に、いわゆる臨時の客があった時の事である。（臨時の客は*二宮《にぐう》の大饗《たいきょう》と同日に摂政関白家が、大臣以下の上達部《かんだちめ》を招いて、催す饗宴で、大饗と別に変りがない。）五位も、外の侍《さむらい》たちにまじって、その残肴《ざんこう》の招伴《しょうばん》をした。当時はまだ、*取食《とりば》みの習慣がなくて、残肴は、その家の侍が一堂に集まって、食う事になっていたからである。もっとも、大饗に比《ひと》しいといっても昔の事だから、品数の多い割に碌な物はない、餅、*伏菟《ふと》、蒸鮑《むしあわび》、干鳥、宇治の*氷魚《ひうお》、近江の鮒《ふな》、鯛《たい》の*楚割《すわり》、*鮭《さけ》の内子《こごもり》、焼蛸、大海老、大柑子《おおこうじ》、小柑子《ここうじ》、橘《たちばな》、串柿などの類である。ただ、その中に、例の芋粥があった。五位は毎年、この芋粥を楽しみにしている。が、何時《いつ》も人数が多いので、自分が飲めるのは、いくらもない。それが今年は、特に、少かった。そうして気のせいか、何時もより、よほど味が好い。そこで、彼は飲んでしまった後の椀をしげしげと眺めな

がら、うすい口髭についている滴を、掌《てのひら》で拭いて誰にいうともなく、「何時になったら、これに飽ける事かのう」と、こういった。

「大夫殿は、芋粥に飽かれた事がないそうな。」

五位の語《ことば》が完《おわ》らない中に、誰かが、嘲笑《あざわら》った。錆のある、応揚な、武人らしい声である。五位は、猫背の首を挙げて、臆病らしく、その人の方を見た。声の主は、その頃、同じ基経の恪勤《かくごん》*になっていた、民部卿時長《みんぶきょうときなが》の子藤原利仁《ふじわらのとしひと》である。肩幅の広い、身長《みのたけ》の群を抜いた逞《たくま》しい大男で、これは、煠栗《ゆでぐり》を噛《か》みながら、黒酒《くろき》の杯を重ねていた。もう大分酔がまわっているらしい。

「お気の毒な事じゃ。」利仁は、五位が顔を挙げたのを見ると、軽蔑と憐憫《れんびん》とを一つにしたような声で、語を継いだ。「お望みなら、利仁がお飽かせ申そう。」

始終、いじめられている犬は、たまに肉を貰っても容易によりつかない。五位は、例の笑うのか、泣くのか、わからないような笑顔をして、利仁の顔と、空の椀とを、等分に見比べていた。

「おいやかな。」

「……………」

「どうじゃ。」

「……………」

五位は、その中に、衆人《しゅうじん》の視線が、自分の上に、集まっているのを感じ出した。答え方一つで、また、一同の嘲弄を、受けなければならない。あるいは、どう答えても、結局、莫迦《ばか》にされそうな気さえする。彼は躊躇《ちゅうちょ》した。もし、その時に、相手が、少し面倒臭そうな声で、「おいやなら、たってとは申すまい」といわなかったなら、五位は、何時までも、椀と利仁とを、見比べていた事であろう。

彼は、それを聞くと、慌しく答えた。

「いや……忝《かたじけの》うござる。」

この問答を聞いていた者は、皆、一時に、失笑した。「いや、忝うござる。」――こういって、五位の答を、真似る者さえある。いわゆる、橙黄橘紅《とうこうきつこう》を盛った窪杯《くぼつき》や高杯《たかつき》の上に多くの揉烏帽子や立烏帽子が、笑声と共に一しきり、波のように動いた。中でも、最《もっとも》、大きな声で、機嫌よく、笑ったのは、利仁自身である。

「では、その中《うち》に、御誘い申そう。」そういいながら、彼は、ちょいと顔をしかめた。こみ上げて来る笑と今、飲んだ酒とが、喉で一つになったからである。「……しかと、よろしいな。」

「忝うござる。」

五位は赤くなって、吃《ども》りながら、また、前の答を繰返した。一同が今度も、笑ったのは、いうまでもない。それがいわせたさに、わざわざ念を押した当の利仁に至っては、前よりも一層可笑《おか》しそうに広い肩をゆすって、哄笑《こうしょう》した。この朔北《さくほく》の野人は、生活の方法を二つしか心得ていない。一つは酒を飲む事で、他の一つは笑う事である。

しかし幸に談話の中心は、ほどなく、この二人を離れてしまった。これは事によると、外の連中が、たとい嘲弄《ちょうろう》にしろ、一同の注意をこの赤鼻の五位に集中させるのが、不快だったからかも知れない。とにかく、談柄《だんぺい》はそれからそれへと移って、酒も肴《さかな》も残少になった時分には、某という侍学生《さむらいがくしょう》が、*行縢《むかばき》の片皮へ、両足を入れて馬に乗ろうとした話が、一座の興味を集めていた。が、五位だけは、まるで外《ほか》の話が聞えないらしい。恐らく芋粥の二字が、彼のすべての思量を支配しているからであろう。前に雉子《きじ》の炙《や》いたのがあっても、箸をつけない。黒酒《くろき》の杯があっても、口を触れない。彼は、ただ、両手を膝の上へ置いて、見合いをする娘のように、霜に犯されかかった鬢《びん》の辺まで、初心らしく上気しながら、何時までも空になった黒塗の椀を見つめて、多愛もなく、微笑しているのである。……

それから、四、五日たった日の午前、加茂川の河原に沿って、*粟田口《あわたぐち》へ通う街道を、静《しずか》に馬を進めてゆく二人の男があった。一人は、濃い*縹《はなだ》の狩衣《かりぎぬ》に同じ色の袴《はかま》をして、打《うち》出《だし》の太刀を佩《は》いた、「鬚黒《ひげくろ》く鬢《びん》ぐきよき」男である。もう一人は、みすぼらしい青鈍《あおにび》の水干に、薄綿《うすわた》の衣を二つばかり重ねて着た、四十恰好《かっこう》の侍で、これは、帯のむすび方のだらしのない容子《ようす》といい、赤鼻でしかも穴のあたりが、洟《はな》にぬれている容子といい、身のまわり万端《ばんたん》のみすぼらしい事夥《おびただ》しい。もっとも、馬は二人とも、前のは月毛、後のは蘆毛《あしげ》の三才駒で、道をゆく物売りや侍も、振向いて見るほどの駿足《しゅんそく》である。その後からまた二人、馬の歩みに遅れまいとして随《つ》いて行くのは、調度掛《ちょうどかけ》と舎人《とねり》とに相違ない。――これが、利仁と五位との一行である事は、わざわざ、ここに断るまでもない話であろう。

冬とはいいながら、物静《ものしずか》に晴れた日で、白けた河原の石の間、潺湲《せんかん》たる水の辺に立枯れている蓬《よもぎ》の葉を、ゆするほどの風もない。川に臨んだ背の低い柳は、葉のない枝に飴《あめ》の如く、滑《なめら》かな日の光りをうけて、梢にいる鶺鴒《せきれい》の尾を動かすのさえ、鮮《あざやか》にそれと、影を街道に落している。東山の暗い緑の上に、霜に焦げた天鵞絨《びろうど》のような肩を、丸々と出しているのは、大方、比叡《ひえい》の山であろう。二人は、その中に鞍の螺鈿《らでん》を、まばゆく日にきらめかせながら鞭《むち》をも加えず悠々《ゆうゆう》と、粟田口を指して行くのである。

「どこでござるかな、手前をつれて行って、やろうと仰せられるのは。」五位が馴れない手に手綱をかいくりながら、いった。

「すぐ、そこじゃ。お案じになるほど遠うはない。」

「すると、粟田口辺でござるかな。」

「まず、そう思われたがよろしかろう。」

利仁は今朝五位を誘うのに、東山の近くに湯の湧いている所があるから、そこへ行こうといって出て来たのである。赤鼻の五位は、それを真《ま》にうけた。久しく湯にはいらないので、体中がこの間からむず痒《かゆ》い。芋粥の馳走になった上に、入湯が出来れば、願ってもない仕合《しあわ》せである。こう思って、予《あらかじ》め利仁が牽《ひ》かせて来た、蘆毛の馬に跨《またが》った。ところが、轡《くつわ》を並べて此処《ここ》まで来て見ると、どうも利仁はこの近所へ来るつもりではないらしい。現にそうこうしている中に、粟田口は通りすぎた。

「栗田口ではござらぬのう。」

「いかにも、もそっと、あなたでな。」

利仁は、微笑を含みながら、わざと、五位の顔を見ないようにして、静に馬を歩ませている。両側の人家は、次第に稀《まれ》になって、今は、広々とした冬田の上に、餌をあさる鴉が見えるばかり、山の陰に消残って雪の色も、仄《ほのか》に青く煙っている。晴れながら、とげとげしい櫨《はじ》の梢が、眼に痛く空を刺しているのさえ、何となく肌寒い。

「では、山科《やましな》辺ででもござるかな。」

「山科は、これじゃ。もそっと、さきでござるよ。」

なるほど、そういう中に、山科も通りすぎた。それ所ではない。何かとする中に、関《せき》山《やま》も後にして、かれこれ、午《ひる》少しすぎた時分には、とうとう三井寺《みいでら》の前へ来た。三井寺には、利仁の懇意にしている僧がある。二人はその僧を訪ねて、午餐《ひるげ》の馳走になった。それがすむと、また、馬に乗って、途を急ぐ。行手は今まで来た路に比べると遥に人煙が少ない。殊《こと》に当時は盗賊が四方に横行した、物騒《ぶっそう》な時代である。――五位は猫背を一層低くしながら、利仁の顔を見上げるようにして訊《たず》ねた。

「まだ、さきでござるのう。」

利仁は微笑した。悪戯《いたずら》をして、それを見つけられそうになった小供が、年長者に向ってするような微笑である。鼻の先へよせた皺《しわ》と、眼尻《めじり》にたたえた筋肉のたるみとが、笑ってしまおうか、しまうまいかとためらっているらしい。そうして、とうとう、こういった。

「実はな、敦賀《つるが》まで、お連れ申そうと思うたのじゃ。」笑いながら、利仁は鞭を挙げて遠くの空を指さした。その鞭の下には、的皪《てきれき》として、午後の日を受けた近江の湖が光っている。

五位は、狼狽《ろうばい》した。

「敦賀と申すと、あの越前《えちぜん》の敦賀でござるかな。あの越前の――」

利仁が、敦賀の人、藤原有仁《ふじわらのありひと》の女婿《じょせい》になってから、多くは敦賀に住んでいるという事も、日頃から聞いていない事はない。が、その敦賀まで自分をつれて行く気だろうとは、今の今まで思わなかった。第一、幾多の山河を隔てている越前の国へ、この通り、僅《わずか》二人の伴人《ともびと》をつれただけで、どうして無事に行かれよう。ましてこの頃は、往来の旅人が、盗賊のために殺されたという噂さえ、諸方にある。――五位は歎願するように、利仁の顔を見た。

「それはまた、滅相《めっそう》な、東山じゃと心得れば、山科《やましな》。山科じゃと心得れば、三井寺《みいでら》。揚句《あげく》が越前の敦賀とは、一体どうしたという事でござる、始めから、そう仰せらりょうなら、下人どもなりと、召つれようものを。——敦賀とは、滅相な。」

五位は、殆どべそを掻かないばかりになって、呟《つぶや》いた。もし「芋粥に飽かむ」事が、彼の勇気を鼓舞しなかったとしたら、彼は恐らく、そこから別れて、京都へ独り帰って来た事であろう。

「利仁が一人おるのは、千人ともお思いなされ。路次《ろじ》の心配は、御無用じゃ。」

五位の狼狽するのを見ると、利仁は、少し眉を顰《ひそ》めながら、嘲笑《あざわら》った。そうして調度掛を呼寄せて、持たせて来た壺胡簶《つぼやなぐい》を背に負うと、やはり、その手から、黒漆《こくしつ》の真弓《まゆみ》をうけ取って、それを鞍上《あんじょう》に横《よこた》えながら、先に立って、馬を進めた。こうなる以上、意気地のない五位は、利仁の意志に盲従するより外に仕方がない。そこで、彼は心細そうに、荒涼とした周囲の原野を眺めながら、うろ覚えの観音経を口の中に念じ念じ、例の赤鼻を鞍の前輪《まえわ》にすりつけるようにして、覚束《おぼつか》ない馬の歩みを、あいかわらずとぼとぼと進めて行った。

馬蹄《ばてい》の反響する野は、茫々《ぼうぼう》たる黄茅《こうぼう》に蔽われて、その所々にある行潦《みずたまり》も、つめたく、青空を映したまま、その冬の午後を、何時かそれなり凍ってしまうかと疑われる。その涯には、一帯の山脈が、日に背《そむ》いているせいか、かがやくべき残雪の光もなく、紫がかった暗い色を、長々となすっているが、それさえ蕭条《しょうじょう》たる幾叢《いくむら》の枯薄《かれすすき》に遮《さえぎ》られて、二人の従者の眼には、はいらない事が多い。――すると、利仁が、突然、五位の方をふりむいて、声をかけた。

「あれに、よい使者が参った。敦賀への言づけを申そう。」

五位は利仁のいう意味が、よくわからないので、怖々《こわごわ》ながら、その弓で指さす方を、眺めて見た。元より人の姿が見えるような所ではない。ただ、野葡萄か何かの蔓《つる》が、灌木の一むらにからみついている中を、一疋《いっぴき》の狐が、暖かな毛の色を、傾きかけた日に曝《さら》しながら、のそりのそり歩いて行く。――と思う中に、狐は、慌ただしく身を跳《おど》らせて、一散に、どこともなく走り出した。利仁が急に、鞭を鳴らせて、その方へ馬を飛ばし始めたからである。五位も、われを忘れて、利仁の後を、逐《お》った。従者も勿論、遅れてはいられない。しばらくは、石を蹴る馬蹄の音が、戛々《かつかつ》として、曠野《ひろの》の静けさを破っていたが、やがて利仁が、馬を止めたのを見ると、何時、捕えたのか、もう狐の後足を摑《つか》んで、倒《さかさま》に、鞍の側《わき》へ、ぶら下げている。狐が、走れなくなるまで、追いつめた所で、それを馬の下に敷いて、手取りにしたものであろう。五位は、うすい髭にたまる汗を、慌《あわただ》しく拭きながら、漸《ようやく》、その傍《そば》へ馬を乗りつけた。

「これ、狐、よう聞けよ。」利仁は、狐を高く眼の前へつるし上げながら、わざと物々しい声を出してこういった。「その方、今夜の中に、敦賀の利仁が館《やかた》へ参って、こう申せ。「利仁は、ただ今俄《にわか》に客人を具して下《くだ》ろうとする所じゃ。明日、*巳時頃《みのときごろ》、*高島の辺《ほとり》まで、男たちを迎いに遣わし、それに、鞍置馬《くらおきうま》二疋、牽《ひ》かせて参れ。」よいか忘れるなよ。」

いい畢《おわ》るとともに、利仁は、一ふり振って狐を、遠くの叢《くさむら》の中へ、抛《ほう》り出した。

「いや、走るわ。走るわ。」

やっと、追いついた二人の従者は、逃げてゆく狐の行方を眺めながら、手を拍《う》って囃《はや》し立てた。落葉のような色をしたその獣《けもの》の背は、夕日の中を、まっしぐらに、木の根石くれの嫌いなく、何処《どこ》までも、走って行く。それが一行の立っている所から、手にとるようによく見えた。狐を追っている中に、何時か彼らは、曠野が緩《ゆる》い斜面を作って、水の涸《か》れた川床と一つになる、その丁度《ちょうど》上の所へ、出ていたからである。

「広量《こうりょう》の御使でござるのう。」

五位は、ナイイヴな尊敬と賛嘆とを洩らしながら、この狐さえ頤使《いし》する野育ちの武人の顔を、今更のように、仰いで見た。自分と利仁との間に、どれほどの懸隔《けんかく》があるか、そんな事は、考える暇がない。ただ、利仁の意志に、支配される範囲が広いだけに、その意志の中に包容される自分の意志も、それだけ自由が利くようになった事を、心強く感じるだけである。――阿諛《あゆ》は、恐らく、こういう時に、最《もっとも》自然に生れて来るものであろう。読者は、今後、赤鼻の五位の態度に、幇間《ほうかん》のような何物かを見出しても、それだけで妄《みだり》にこの男の人格を、疑うべきではない。

抛《ほう》り出された狐は、*なぞえの斜面を、転げるようにして、駈け下りると、水のない河床の石の間を、器用に、ぴょいぴょい、飛び越えて、今度は、向うの斜面へ、勢よく、すじかいに駈け上った。駈け上りながら、ふりかえって見ると、自分を手捕りにした侍の一行は、まだ遠い傾斜の上に馬を並べて立っている。それが皆、指を揃えたほどに、小さく見えた。殊に入日を浴びた、月毛と蘆毛とが、霜を含んだ空気の中に、描いたよりもくっきりと、浮き上っている。

狐は、頭《かしら》をめぐらすと、また枯薄の中を、風のように走り出した。

一行は、予定通り翌日の巳時《みのとき》ばかりに、高島の辺《ほとり》へ来た。此処《ここ》は琵琶湖に臨んだ、ささやかな部落で、昨日に似ず、どんよりと曇った空の下に、幾戸の藁屋が、疎《まばら》にちらばっているばかり、岸に生えた松の樹の間には、灰色の漣漪《さざなみ》をよせる湖の水面が、磨ぐのを忘れた鏡のように、さむざむと開けている。――此処まで来ると利仁が、五位を顧みていった、

「あれを御覧《ごろう》じろ、男どもが、迎いに参ったげでござる。」

見ると、なるほど、二疋の鞍置馬を牽いた、二、三十人の男たちが、馬に跨《また》がったのもあり徒歩《かち》のもあり、皆水干の袖を寒風に翻《ひるが》えして、湖の岸、松の間を、一行の方へ急いで来る。やがてこれが、間近くなったと思うと、馬に乗っていた連中は、慌ただしく鞍を下り、徒歩の連中は、路傍に蹲踞《そんきょ》して、いずれも恭々《うやうや》しく、利仁の来るのを、待ちうけた。

「やはり、あの狐が、使者を勤めたと見えますのう。」

「性得《しょうとく》、変化ある獣じゃて、あの位の用を勤めるのは、何でもござらぬ。」

五位と利仁とが、こんな話をしている中に、一行は、郎等《ろうとう》たちの待っている所へ来た。「大儀じゃ。」と、利仁が声をかける。蹲踞していた連中が、忙しく立って、二人の馬の口を取る。急に、すべてが陽気になった。

「夜前、稀有《けう》な事が、ございましてな。」

二人が、馬から下りて、敷皮の上へ、腰を下すか下さない中に、檜皮色《ひわだいろ》の水干を着た、白髪《はくはつ》の郎等が、利仁の前へ来て、こういった。

「何じゃ。」利仁は、郎等たちの持って来た篠枝《ささえ》や*破籠《わりご》を、五位にも勧めながら、応揚に問いかけた。

「されば、でございまする。夜前、*戌時《いぬのとき》ばかりに、奥方が俄《にわか》に、人心地をお失《うしな》いなされましてな。「おのれは、阪本《さかもと》の狐じゃ。今日、殿の仰せられた事を、言伝てしょうほどに、近う寄って、よう聞きやれ」と、こう仰有《おつしや》るのでございまする。さて、一同がお前に参りまするを、奥方の仰せられまするには、「殿はただ今俄に客人を具して、下られようとする所じゃ。明日巳時《みようにちみのとき》頃、高島の辺まで、男どもを迎いに遣わし、それに鞍置馬二疋牽《ひ》かせて参れ。」と、こう御意《ぎょい》遊ばすのでございまする。」

「それは、また、稀有《けう》な事でござるのう。」五位は利仁の顔と、郎等の顔とを、仔細《しさい》らしく見比べながら、両方に満足を与えるような、相槌《あいづち》を打った。

「それもただ、仰せられるのではございませぬ。さも、恐ろしそうに、わなわなとお震えになりましてな、「遅れまいぞ。遅れれば、おのれが、殿の御勘当をうけねばならぬ。」と、しっきりなしに、お泣きになるのでございまする。」

「して、それから、如何《いかが》した。」

「それから、多愛なく、お休みになりましてな。手前どもの出て参りまする時にも、まだ、お眼覚にはならぬようで、ございました。」

「如何でござるな。」郎等の話を聞き完《おわ》ると、利仁は五位を見て、得意らしくいった。

「利仁には、獣も使われ申すわ。」

「何とも驚き入る外は、ござらぬのう。」五位は、赤鼻を掻きながら、ちょいと、頭を下げて、それから、わざとらしく、呆《あき》れたように、口を開いて見せた。口髭には今、飲んだ酒が、滴《しずく》になって、くっついている。


その日の夜の事である、五位は、利仁の館《やかた》の一間に、切燈台《きりとうだい》の灯を眺めるともなく、

眺めながら、寝つかれない長の夜をまじまじして、明《あか》していた。すると、夕方、此処《ここ》へ着くまで、利仁や利仁の従者と、談笑しながら、越えて来た松山、小川、枯野、あるいは、草、木の葉、石、野火の煙のにおい——そういうものが、一つずつ、五位の心に、浮んで来た。殊に、*雀色時《すずめいろどき》の靄《もや》の中を、やっと、この館へ辿《たど》りついて、長櫃《ながひつ》に起してある、炭火の赤い焰を見た時の、ほっとした心もち、——それも、今こうして、寝ていると、遠い昔にあった事としか、思われない。五位は綿の四、五寸もはいった、黄いろい直垂《ひたたれ》の下に、楽々と、足をのばしながら、ぼんやり、われとわが寝姿を見廻した。

直垂の下に利仁が貸してくれた、練色《ねりいろ》の衣の綿厚《わたあつ》なのを、二枚まで重ねて、着こんでいる。それだけでも、どうかすると、汗が出かねないほど、暖かい。そこへ、夕飯の時に一杯やった、酒の酔が手伝っている。枕元の蔀《しとみ》一つ隔てた向うは、霜の冴えた広庭《ひろにわ》だが、それも、こう陶然《とうぜん》としていれば、少しも苦にならない。万事が、京都の自分の曹司《ぞうし》にいた時と比べれば、雲泥の相違である。が、それにも係わらず、我《わが》五位の心には、何となく釣合のとれない不安があった。第一、時間のたって行くのが、待遠《まちどお》い。しかもそれと同時に、夜の明けるという事が、——芋粥を食う時になるという事が、そう早く、来てはならないような心もちがする。そうしてまた、この矛盾した二つの感情が、互に剋《こく》し合う後には、境遇の急激な変化から来る、落着かない気分が、今日の天気のように、うすら寒く控《ひか》えている。それが、皆、邪魔になって、折角《せっかく》の暖かさも、容易に、眠りを誘いそうもない。

すると、外の広庭で、誰か、大きな声を出しているのが、耳にはいった。声がらでは、どうも、今日、途中まで迎えに出た、白髪の郎等が何か告《ふ》れているらしい。その乾《ひ》からびた声が、霜に響くせいか凜々《りんりん》として凩《こがらし》のように、一語ずつ五位の骨に、応えるような気さえする。

「この辺《あたり》の下人《げにん》、承われ。殿の御意《ぎょい》遊ばさるるには、明朝、*卯時《うのとき》までに、切口三寸、長さ五尺の山の芋を、老若各《おのおの》、一筋ずつ、持って参るようにとある。忘れまいぞ、卯時までにじゃ。」

それが、二、三度、繰返されたかと思うと、やがて、人のけはいが止んで、あたりは忽《たちま》ち元のように、静な冬の夜になった。その静な中に、切燈台の油が鳴る。赤い真綿のような火が、ゆらゆらする。五位は欠伸《あくび》を一つ、噛みつぶして、また、とりとめのない、思量に耽《ふけ》り出した、――山の芋というからには、勿論芋粥にする気で、持って来させるのに相違ない。そう思うと、一時、外に注意を集中したおかげで忘れていた、さっきの不安が、何時の間にか、心に帰って来る。殊に、前よりも、一層強くなったのは、あまり早く、芋粥にありつきたくないという心もちで、それが意地悪く、思量の中心を離れない。どうもこう容易に「芋粥に飽かむ」事が、事実となって現れては、折角《せっかく》今まで、何年となく、辛抱して待っていたのが、如何《いか》にも、無駄な骨折のように、見えてしまう。出来る事なら、何か突然故障が起って、一旦《いったん》、芋粥が飲めなくなってから、また、その故障がなくなって、今度は、やっとこれにありつけるというような、そんな手続きに、万事を運ばせたい。――こんな考えが、「こまつぶり」のように、ぐるぐる一つ所を廻っている中に、何時か、五位は、旅の疲れで、ぐっすり、熟睡してしまった。

翌朝、眼がさめると、直《すぐ》に、昨夜《ゆうべ》の山の芋の一件が、気になるので、五位は、何よりも先に部屋の蔀《しとみ》をあげて見た。すると、知らない中に、寝すごして、もう卯時《うのとき》をすぎていたのであろう。広庭へ敷いた、四、五枚の長筵《ながむしろ》の上には、丸太のような物が、およそ、二、三千本、斜につき出した、檜皮葺《ひわだぶき》の軒先へつかえるほど、山のように、積んである。見るとそれが、悉く《ことごとく》、切口三寸、長さ五尺の途方もなく大きい、山の芋であった。

五位は、寝起きの眼をこすりながら、殆ど《ほとんど》周章《しゅうしょう》に近い驚愕《きょうがく》に襲われて、呆然と、周囲を見廻した。広庭の所々には、新しく打ったらしい杭の上に五斛《ごく》納釜《のうがま》を五つ六つ、かけ連ねて、白い布の襖《あお》を着た若い下司女《げすおんな》が、何十人となく、そのまわりに動いている。火を焚《た》きつけるもの、灰を掻くもの、あるいは、新しい白木の桶《おけ》に、「あまずらみせん」を汲んで釜の中へ入れるもの、皆芋粥をつくる準備で、眼のまわるほど、忙しい。釜の下から上る煙と、釜の中から湧く湯気とが、まだ消え残っている明方の靄《もや》と一つになって、広庭一面、はっきり物も見定められないほど、灰色のものが罩《こ》めた中で、赤いのは、烈々と燃え上る釜の下の焔ばかり、眼に見るもの、耳に聞くもの悉く、戦場か火事場へでも行ったような騒ぎである。五位は、今更のように、この巨大な山の芋が、この巨大な五斛納釜の中で、芋粥になる事を考えた。そうして、自分が、その芋粥を食うために京都から、わざわざ、越前の敦賀まで旅をして来た事を考えた。考えれば考えるほど、何一つ、情なくならないものはない。我五位の同情すべき食慾は、実に、この時もう、一半を減却《げんきゃく》してしまったのである。

それから、一時間の後、五位は利仁や舅《しゅうと》の有仁とともに、朝飯の膳に向った。前にあるのは、銀《しろかね》の提《ひさげ》の一斗ばかりはいるのに、なみなみと海の如くたたえた、恐るべき芋粥である。五位はさっき、あの軒まで積上げた山の芋を、何十人かの若い男が、薄刃を器用に動かしながら、片端《かたつぱし》から削るように、勢よく切るのを見た。それからそれを、あの下司女たちが、右往左往に馳《は》せちがって、一つのこらず、五斛納釜へすくってはすくっては入れ、入れするのを見た。最後に、その山の芋が、一つも長筵《ながむしろ》の上に見えなくなった時に、芋のにおいと、甘葛《あまずら》のにおいとを含んだ、幾道かの湯気の柱が、蓬々然《ほうぼうぜん》として、釜の中から、晴れた朝の空へ、舞上って行くのを見た。これを、目のあたりに見た彼が、今、提《ひさげ》に入れた芋粥に対した時、まだ、口をつけない中から、既に、満腹を感じたのは、恐らく、無理もない次第であろう。――五位は、提を前にして、間の悪そうに、額の汗を拭いた。

「芋粥に飽《あ》かれた事が、ござらぬげな。どうぞ、遠慮なく召上って下され。」

舅の有仁は、童児たちにいいつけて、更にいくつかの銀の提を膳の上に並べさせた。中にはどれも芋粥が、溢《あふ》れんばかりにはいっている。五位は眼をつぶって、ただでさえ赤い鼻を、一層赤くしながら、提に半分ばかりの芋粥を大きな土器《かわらけ》にすくって、いやいやながら飲み干した。

「父もそう申すじゃて、平《ひら》に、遠慮は御無用じゃ。」

利仁も側から、新な提をすすめて、意地悪く笑いながらこんな事をいう。弱ったのは五位である。遠慮のない所をいえば、始めから芋粥は、一椀も吸いたくない。それを今、我慢して、やっと、提に半分だけ平げた。これ以上、飲めば、喉を越さない中にもどしてしまう、そうかといって、飲まなければ、利仁や有仁の厚意を無にするのも、同じである。そこで、彼はまた眼をねぶって、残りの半分を三分の一ほど飲み干した。もう後は一口も吸いようがない。

「何とも、忝《かたじけの》うござった。もう、十分頂戴致したて。――いやはや、何とも忝うござった。」

五位は、しどろもどろになって、こういった。よほど弱ったと見えて、口髭にも、鼻の先にも、冬とは思われないほど、汗が玉になって、垂れている。

「これはまた、御少食《ごしょうしょく》な事じゃ、客人は、遠慮をされると見えたぞ。それそれその方ども、何を致しておる。」

童児たちは、有仁の語《ことば》につれて、新《あらた》な提の中から、芋粥を、土器に汲もうとする。五位は、両手を蠅でも逐《お》うように動かして、平に、辞退の意を示した。

「いや、もう、十分でござる。……失礼ながら、十分でござる。」

もし、この時、利仁が、突然、向うの家の軒を指さして、「あれを御覧《ごろう》じろ」といわなかったなら、有仁はなお、五位に、芋粥をすすめて、止《や》まなかったかも知れない。が、幸いにして、利仁の声は、一同の注意を、その軒の方へ持って行った。檜皮葺の軒には、丁度、朝日がさしている。そうして、そのまばゆい光に、光沢《つや》のいい毛皮を洗わせながら、一疋の獣が、おとなしく、坐っている。見るとそれは一昨日《おととい》、利仁が枯野の路で手捕りにした、あの阪本の野狐であった。

「狐も、芋粥が欲しさに、見参《けんざん》したそうな。男ども、しゃつにも、物を食わせてつかわせ。」

利仁の命令は、言下《ごんか》に行われた。軒からとび下りた狐は、直《すぐ》に広庭で芋粥の馳走に、与《あずか》ったのである。

五位は、芋粥を飲んでいる狐を眺めながら、此処へ来ない前の彼自身を、なつかしく、心の中でふり返った。それは、多くの侍たちに愚弄《ぐろう》されている彼である。京童《きょうわらべ》にさえ「何じゃ。この鼻赤めが」と、罵《ののし》られている彼である。色のさめた水干に、指貫をつけて、飼主のない尨犬のように、朱雀大路をうろついて歩く、憐むべき、孤独な彼である。しかし、同時にまた、芋粥に飽きたいという欲望を、ただ一人大事に守っていた、幸福な彼である。――彼は、この上芋粥を飲まずにすむという安心とともに、満面の汗が次第に、鼻の先から、乾いてゆくのを感じた。晴れてはいても、敦賀の朝は、身にしみるように、風が寒い。五位は慌《あわ》てて、鼻をおさえると同時に、銀《しろかね》の提《ひさげ》に向って大きな嚔《くさめ》をした。

――五年八月――

偸《ちゅう》盗《とう》

一

「お婆《ばば》、猪熊《いのくま》のお婆。」

*朱雀綾小路《すざくあやのこうじ》の辻で、じみな紺の水干《すいかん》に揉烏帽子《もみえぼし》をかけた、二十ばかりの、醜い、隻眼《かため》の侍が、平骨《ひらぼね》の扇を上げて、通りかかりの老婆を呼びとめた。――

むし暑く夏霞のたなびいた空が、息をひそめたように、家々の上を掩《おお》いかぶさった、七月のある日ざかりである。男の足をとめた辻には、枝の疎《まばら》な、ひょろ長い葉柳が一本、この頃流行《はや》る疫病《えやみ》にでも罹《かか》ったかと思う姿で、形《かた》ばかりの影を地の上に落しているが、此処《ここ》にさえ、その日に乾いた葉を動かそうという風はない。まして、日の光に照りつけられた大路には、あまりの暑さにめげたせいか、人通りも今は一《ひと》しきりとだえて、たださっき通った牛車《ぎっしゃ》の轍《わだち》が長々とうねっているばかり、その車の輪にひかれた、小さな蛇《ながむし》も、切れ口の肉を青ませながら、始めは尾をぴくぴくやっていたが、何時《いつ》か脂ぎった腹を上へ向けて、もう鱗一つ動かさないようになってしまった。どこもかしこも、炎天の埃《ほこり》を浴びたこの町の辻で、僅《わずか》に一滴の湿《しめ》りを点じたものがあるとすれば、それはこの蛇の切れ口から出た、腥《なまぐさ》い腐れ水ばかりであろう。

「お婆。」

「……」

老婆は、慌《あわただ》しくふり返った。見ると、年は六十ばかりであろう。垢じみた檜皮色《ひわだいろ》の帷子《かたびら》に、黄ばんだ髪の毛を垂らして、尻の切れた藁草履《わらぞうり》をひきずりながら、長い蛙股《かえるまた》の杖をついた、眼の円《まる》い、口の大きな、どこか蟇《ひき》の顔を思わせる、卑しげな女である。

「おや、太郎さんか。」

日の光にむせるような声で、こういうと、老婆は、杖をひきずりながら、二足三足後へ帰って、先ず口を切る前に、上唇をべろりと嘗《な》めて見せた。

「何か用でもおありか。」

「いや、別に用じゃない。」

隻眼《かため》は、うすい痘痕《あばた》のある顔に、強《し》いて作ったらしい微笑をうかべながら、何処《どこ》か無理のある声で、快活にこういった。

「ただ、沙金《しゃきん》がこの頃は、どこにいるかと思ってな。」

「用のあるは、何時《いつ》も娘ばかりさね。鳶《とんび》が鷹《たか》を生んだおかげには。」

猪熊の婆は、厭味《いやみ》らしく、唇を反《そ》らせながら、にやついた。

「用というほどの用じゃないが、今夜の手はずも、まだ聞かないからな。」

「なに、手はずに変りがあるものかね。集《あつま》るのは羅生門、刻限は亥《い》の上刻《じょうこく》——みんな昔から、きまっている通りさ。」

老婆は、こういって、狡猾《わるがしこ》そうに、じろじろ、左右を見まわしたが、人通りのないのに安心したのかまた、厚い唇をちょいと嘗《な》めて、

「家内の容子《ようす》は、大抵娘が探って来たそうだよ。それも、侍たちの中には、手の利《き》く奴がいるまいという事さ。詳しい話は、今夜娘がするだろうがね。」

これを聞くと、太郎といわれた男は、日をよけた黄紙《きがみ》の扇の下で、嘲《あざけ》るように、口を歪《ゆが》めた。

「じゃ沙金はまた、誰かあすこの侍とでも、懇意になったのだな。」

「なに、やっぱり販婦《ひさぎめ》か何かになって、行ったらしいよ。」

「何になって行ったって、あいつの事だわ、当《あ》てになるものか。」

「お前さんは、あいかわらず疑《うたぐ》り深いね。だから、娘に嫌われるのさ。嫉妬《やきもち》にも、ほどがあるよ。」

老婆は、鼻の先で笑いながら、杖を上げて、路《みち》ばたの蛇の屍骸《しがい》を突ついた。何時の間

にかたかっていた青蠅が、むらむらと立ったかと思うと、また元のように止まってしまう。

「そんな事じゃ、しっかりしないと、次郎さんに取られてしまうよ。取られてもいいが、どうせそうなれば、ただじゃすまないからね。お爺さんでさえ、それじゃ時々、眼の色を変えるんだから、お前さんならなおそうだろうじゃないか。」

「わかっているわ。」

相手は、顔をしかめながら、忌々《いまいま》しそうに、柳の根へ唾を吐いた。

「それが中々、わからないんだよ。今でこそお前さんだって、そうやって、すましているが、娘とお爺さんとの仲をかぎつけた時には、まるで、気がふれたようだったじゃないか。お爺さんだって、そうさ、あれで、もう少し気が強かろうものなら、すぐにお前さんと刃物三昧《はものざんまい》だわね。」

「そりゃもう一年前の事だて。」

「何年前でも、同じ事だよ。一度した事は、三度するっていうじゃないか。三度だけなら、まだいい方さ。私なんぞは、この年まで、同じ莫迦《ばか》を、何度したか、わかりゃしないよ。」

こういって、老婆は、疎《まばら》な歯を出して、笑った。

「冗談じゃない。――それより、今夜の相手は、曲りなりにも、藤判官《とうほうがん》だで、手くばりはもうついたのか。」

太郎は、日にやけた顔に、いら立たしい色を浮べながら、話頭を転じた。折から、雲の峰が一つ、太陽の道に当ったのであろう。あたりが翛然《ゆうぜん》と、暗くなった。その中に、ただ、蛇の屍骸だけが、前よりも一層腹の脂《あぶら》を、ぎらつかせているのが見える。

「何の、藤判官だといって、高《たか》が青侍の四人や五人、私だって、昔とった杵柄《きねづか》さ。」

「ふん、お婆は、えらい勢だな。そうして、こっちの人数は?」

「何時《いつ》もの通り、男が二十三人。それに私と娘だけさ。阿濃《あこぎ》は、あの体だから、朱雀門に待っていて、もらう事にしようよ。」

「そういえば、阿濃も、かれこれ臨月だったな。」

太郎はまた、嘲るように口を歪《ゆが》めた。それと殆《ほとん》ど同時に、雲の影が消えて、往来はたちまち、元のように、眼が痛むほど、明《あか》くなる。――猪熊の婆も、腰を反《そ》らせて、一しきり東鴉《あずまがらす》のような笑声を立てた。

「あの阿呆《あほう》をね。誰がまあ手をつけたんだか――もっとも、阿濃は次郎さんに、執心だったが、まさかあの人でもなかろうよ。」

「親の詮義はともかく、あの体じゃ何かにつけて不便だろうて。」

「それゃ、どうにでも仕方はあるのだけれど、あれが不承知なのだから、困るわね。おかげで、仲間の者へ沙汰をするのも、私一人という始末さ。真木島《まきのしま》の十郎、関山の平六、高市《たけち》の多襄丸《たじょうまる》と、まだこれから、三軒まわらなくっちゃ——おや、そういえば、油を売っている中に、もうかれこれ未《ひつじ》*になる。御前《おまえ》さんも、もう私のおしゃべりには、聞き飽きたろう。」

蛙股の杖は、こういう語《ことば》とともに動いた。

「が、沙金は?」

この時、太郎の唇は、目に見えぬほど、かすかに痙攣《ひきつ》った。が、老婆は、これに気がつかなかったらしい。

「大方、今日あたりは、猪熊の私の家で、午睡《ひるね》でもしているだろうよ。昨日までは、家にいなかったがね。」

隻眼は、じっと老婆を見た。そうして、それから、静《しず》かな声で、

「じゃ、いずれまた、日が暮れてから、会おう。」

「あいさ。それまでは、お前さんも、ゆっくり午睡でもする事だよ。」

猪熊の婆は、口達者に答えながら、杖を曳いて、歩き出した。綾小路を東へ、猿のような帷子《かたびら》姿が、藁草履の尻に埃をあげて、日ざしにも恐れず、歩いて行く。――それを見送った侍は、汗のにじんだ額に、嶮しい色を動かしながら、もう一度、柳の根に唾を吐くと、それから徐《おもむろ》に、踵《くびす》をめぐらした。

二人の分れた後には、例の蛇の屍骸にたかった青蠅が、あいかわらず日の光の中に、かすかな羽音を伝えながら、立つかと思うと、止っている。…………

二

猪熊の婆は、黄ばんだ髪の根に、じっとりと汗をにじませながら、足にかかる夏の埃《ほこり》も払わずに、杖をつきつき歩いて行く。――

通い慣れた路ではあるが、自分が若かった昔にくらべれば、どこもかしこも、嘘のような変り方である。自分が、まだ台盤所《だいばんどころ》の婢女《みずし》をしていた頃の事を思えば、――いや、思いがけない身分ちがいの男に、挑《いど》まれて、とうとう沙金を生んだ頃の事を思えば、今の都は、名ばかりで、その頃の俤《おもかげ》は殆どない。昔は、牛車の行き交いのしげかった路も、今は徒《いたずら》に薊《あざみ》の花が、さびしく日だまりに、咲いているばかり、仆《たお》れかかった板垣の中には、無花果《いちじく》が青い実をつけて、人を怖れない鴉の群は、昼も水のない池につどっている。そうして、自分も何時か、髪が白み皺《しわ》がよって、遂には腰のまがるような、老の身になってしまった。都も昔の都でなければ、自分も昔の自分でない。

その上、貌《かたち》も変れば、心も変った。始めて娘と今の夫との関係を知った時、自分は、泣いて騒いだ覚えがある。が、こうなって見れば、それも、当り前の事としか思われない。盗みをする事も、人を殺す事も、慣れれば、家業と同じである。いわば京の大路小路に、雑草がはえたように、自分の心も、もう荒《すさ》んだ事を、苦にしないほど、荒んでしまった。が、一方から見ればまた、すべてが変ったようで、変っていない。娘の今している事と、自分の昔した事とは、存外似よった所がある。あの太郎と次郎とにしても、やはり今の夫の若かった頃と、やる事に大した変りはない。こうして人間は、何時《いつ》までも同じ事を繰返して行くのであろう。そう思えば、都も昔の都なら、自分も昔の自分である。…………

猪熊の婆の心の中には、こういう考《かんがえ》が、漠然とながら、浮んで来た。そのさびしい心もちに、つまされたのであろう、円《まる》い眼がやさしくなって、蟇のような顔の肉が、何時の間にか、ゆるんで来る。――と、また急に、老婆は、活《い》き活《い》きと、皺だらけの顔をにやつかせて、蛙股《かえるまた》の杖のはこびを、前よりも急がせ始めた。

それも、そのはずである。四、五間先に、路と芒原《すすきばら》とを(これも、元は誰かの広庭であったのかも知れない。)隔てる、崩れかかった築土《ついじ》があって、その中に、盛りをすぎた合歓《ねむ》の樹《き》が二、三本、苔の色の日に焼けた瓦の上に、ほおけた、赤い花を垂らしている。それを空に、枯竹の柱を四隅へ立てて、古蓆《ふるむしろ》の壁を下げた、怪しげな小屋が一つ、しょんぼりとかけてある。――場所といい、容子《ようす》といい、中には、乞食でも棲《す》んでいるらしい。

別して、老婆の眼をひいたのは、その小屋の前に、腕を組んで佇《たたず》んだ、十七、八の若侍で、これは、*朽葉色《くちばいろ》の水干に黒鞘《くろざや》の太刀《たち》を横たえたのが、どういう訳か、仔細《しさい》らしく、小屋の中を覗いている。その初々《ういうい》しい眉のあたりから、まだ子供らしさのぬけない頰のやつれが、一目で老婆に、その誰という事を知らせてくれた。

「何をしているんだえ。次郎さん。」

猪熊の婆は、その側へ歩みよると、蛙股の杖を止めて、頤《あご》をしゃくりながら、呼びかけた。

相手は、驚いて、ふり返ったが、*つくも髪の、蟇の面《つら》の、厚い唇を舐《な》める舌を見ると、白い歯を見せて微笑しながら、黙って、小屋の中を指さした。

小屋の中には、破れ畳を一枚、じかに地面へ敷いた上に、四十恰好《かっこう》の小柄な女が、石を枕にして、横になっている。それも、肌を掩うものは、腰のあたりにかけてある、麻の汗衫《かざみ》一つぎりで、殆ど裸と変りがない。見ると、その胸や腹は、指で押しても、血膿《ちうみ》にまじった、水がどろりと流れそうに、黄いろく滑《なめらか》に、むくんでいる。殊《こと》に、蓆の裂け目から、天日《てんぴ》のさしこんだ所で見ると、腋《わき》の下や頸《くび》のつけ根に、丁度《ちょうど》腐った杏《あんず》のような、どす黒い斑《ふ》があって、そこから何ともいいようのない、異様な臭気が、洩れるらしい。

枕下には、縁の欠けた土器《かわらけ》がたった一つ（底に飯粒がへばりついている所を見ると、元は粥《かゆ》でも入れたものであろう。）捨てたように置いてあって、誰がした悪戯《いたずら》か、その中に五つ六つ、泥だらけの石塊《いしころ》が行儀よく積んである。しかも、そのまん中に、花も葉も干からびた、合歓《ねむ》を一枝立てたのは、大方高坏《たかつき》へ添える色紙の、心葉《こころば》を真似《まね》たものであろう。

それを見ると、気丈な猪熊の婆も、さすがに顔をしかめて、後へさがった。そうして、その刹那《せつな》に、突然さっきの蛇の屍骸を思い浮べた。

「何だえ。これは。疫病に罹《かか》っている人じゃないか。」

「そうさ。とてもいけないというので、どこかこの近所の家《うち》で、棄てたのだろう。これじゃ、どこでも持てあつかうよ。」

次郎はまた、白い歯を見せて、微笑した。

「それを、お前さんはまた、何だって、見てなんぞいるのさ。」

「なに、今ここを通りかかったら、野良犬が二、三匹、いい餌食《えじき》を見つけた気で、食いそうにしていたから、石をぶつけて、追払ってやった所さ。私が来なかったら、今頃はもう、腕の一つも食われてしまったかも知れない。」

老婆は、蛙股の杖に頤《あご》をのせて、もう一度しみじみ、女の体を見た。さっき、犬が食いかかったというのは、これであろう。――破れ畳の上から、往来の砂の中へ、斜にのばした二の腕には、水気を持った、土気色の皮膚に、鋭い歯の痕《あと》が三つ四つ、紫がかって残っている。が、女は、じっと眼をつぶったなり、息さえ通っているかどうかわからない。老婆は、再《ふたたび》、はげしい嫌悪の感に、面《おもて》を打たれるような心もちがした。

「一体、生きているのかえ。それとも、死んでいるのかえ。」

「どうだかね。」

「気楽だよ、この人は。死んだものなら、犬が食ったって、いいじゃないか。」

老婆は、こういうと、蛙股の杖をのべて、遠くから、ぐいと女の頭を突いて見た。頭は枕の石をはずれて、砂に髪をひきながら、多愛《たわい》なく畳の上へぐたりとなる。が、病人は、依然として、眼をつぶったまま、顔の筋肉一つ動かさない。

「そんな事をしたって、駄目だよ。さっきなんぞは、犬に食いつかれてさえ、やっぱりじっとしていたんだから。」

「それじゃ、死んでいるのさ。」

次郎は、三度白い歯を見せて、笑った。

「死んでいたって、犬に食わせるのは、ひどいやね。」

「何がひどいものかね。死んでしまえば、犬に食われたって、痛くはなしさ。」

老婆は、杖の上でのび上りながら、ぎょろり眼を大きくして、嘲笑《あざわら》うように、こういった。

「死なないだって、ひくひくしているよりは、いっそ一思いに、喉笛《のどぶえ》でも犬に食いつかれた方が、益《ま》しかも知れないわね。どうせこれじゃ、生きていたって、長い事はありゃせずさ。」

「だって、人間が犬に食われるのを、黙って見てもいられないじゃないか。」

すると、猪熊の婆は、上唇をべろりとやって、太々《ふてぶて》しく空嘯《そらうそぶ》いた。

「その癖、人間が人間を殺すのは、お互に平気で、見ているじゃないか。」

「そういえば、そうさ。」

次郎は、ちょいと鬢《びん》を掻《か》いて、四度白い歯を見せながら、微笑した。そうして、やさしく老婆の顔を眺めながら、

「どこへ行くのだい、お婆《ばば》は。」と問いかけた。

「真木島の十郎と、高市の多襄丸と、――ああ、そうだ。関山の平六へは、お前さんに、言託《ことづけ》を頼もうかね。」

こういう中に、猪熊の婆は、杖にすがって、もう二足三足歩いている。

「ああ、行ってもいい。」

次郎も漸《ようや》く、病人の小屋を後にして、老婆と肩を並べながら、ぶらぶら炎天の往来を歩き出した。

「あんなものを見たんで、すっかり気色が悪くなってしまったよ。」

老婆は、大仰《おおぎょう》に顔をしかめながら、

「――ええと、平六の家は、お前さんも知っているだろう。これをまっすぐに行って、

立本寺《りゅうほんじ》の門を左へ切れると、藤判官の屋敷がある。あの一町ばかり先さ。ついでだから、屋敷のまわりでもまわって、今夜の下見をしておおきよ。」

「なに私も、始《はじめ》からそのつもりで、こっちへ出て来たのさ。」

「そうかえ、それはお前さんにしては、気がきいたね。お前さんの兄さんの御面相じゃ、一つ間違うと、向うにけどられそうで、下見に行っても、もらえないが、お前さんなら、大丈夫だよ。」

「可哀相《かわいそう》に、兄貴もお婆の口にかかっちゃ、かなわないね。」

「なに、私なんぞは一番、あの人の事をよくいっている方さ。お爺さんなんぞと来たら、お前さんにも話せないような事を、いっているわね。」

「それは、あの事があるからさ。」

「あったって、お前さんの悪口は、いわないじゃないか。」

「じゃ大方、私は子供扱いにされているんだろう。」

二人は、こんな閑談を交《かわ》しながら、狭い往来をぶらぶら歩いて行った。歩くごとに、京の町の荒廃は、いよいよ、目のあたりに開けて来る。家と家との間に、草いきれを立てている蓬原《よもぎはら》、その所々に続いている古築土《ふるついじ》、それから、昔のまま、僅《わずか》に残っている松や柳――どれを見ても、かすかに漂う死人の臭いとともに、亡びて行くこの大きな町を、思わせないものはない。途中では、ただ一人、手に足駄をはいている、躄《いざり》の乞食に行きちがった。――

「だが、次郎さん、お気をつけよ。」

猪熊の婆は、ふと太郎の顔を思い浮べたので、独《ひと》り苦笑を浮べながら、こういった。

「娘の事じゃ、随分兄さんも、夢中になり兼ねないからね。」

が、これは、次郎の心に、思ったよりも大きな影響を与えたらしい。彼は、秀《ひい》でた眉の間を、俄《にわか》に曇らせながら、不快らしく眼を伏せた。

「そりゃ私も、気をつけている。」

「気をつけていてもさ。」

老婆は、いささか、相手の感情の、この急激な変化に驚きながら、例の如く唇を舐《な》め舐め、呟《つぶや》いた。

「気をつけていてもだわね。」

「しかし、兄貴の思惑《おもわく》は兄貴の思惑で、私には、どうにも出来ないじゃないか。」

「そういえば、実《み》も蓋《ふた》もなくなるがさ。実は私は、昨日娘に会ったのだよ。すると、今日未《ひつじ》の下刻《げこく》に、お前さんと立本寺の門の前で、会う事になっているというじゃないか。それで、お前さんの兄さんには半月近くも、顔は合せないようにしているとね、太郎さんがこんな事を知ってごらん。また、お前さん、一悶着《ひともんちゃく》だろう。」

次郎は、老婆の娓々《びび》として説く語を遮《さえぎ》るように、黙って、苛立《いらだた》しく何度も頷《うなず》いた。が、猪熊の婆は、容易に口を閉ざしそうな気色もない。

「さっき、向うの辻で、太郎さんに遇《あ》った時にも、私はよくそういって来たけれどね、そうなりゃ、私たちの仲間だもの、すぐに刃物《はもの》三昧《ざんまい》だろうじゃないか。万一、その時のはずみで、娘に怪我《けが》でもあったら、と私は、ただ、それが心配なのさ。娘は、何しろあの通りの気質だし、太郎さんにしても、一徹人《いってつじん》だから、私は、お前さんによく頼んでおこうと思ってね。お前さんは、死人が犬に食われるのさえ、見ていられないほど、やさしいんだから。」

こういって、老婆は、何時か自分にも起って来た不安を、強《し》いて消そうとするように、わざとしわがれた声で、笑って見せた。が、次郎は依然として、顔を暗くしながら、何か物思いに耽《ふ》けるように、眼を伏せて歩いている。……………

「大事《おおごと》にならなければいいが。」

猪熊の婆は、蛙股の杖を早めながら、この時始めて心の底で、しみじみこう、祈ったのである。

かれこれその時分の事である。楚《すわえ》の先に蛇の屍骸をひっかけた、町の子供が三、四人、病人の小屋の外を通りかかると、中でも悪戯《いたずら》な一人が、遠くから及び腰になって、その蛇を女の顔の上へ抛《ほう》り上げた。青く脂の浮いた腹がぺたり、女の頰に落ちて、それから、腐れ水にぬれた尾が、ずるずる頤の下へ垂れる――と思うと、子供たちは、一度にわっと喚《わめ》きながら、悸《おび》えたように、四方へ散った。

今まで死んだようになっていた女が、その時急に、黄いろくたるんだ瞼《まぶた》をあけて、腐った卵の白味のような眼を、どんより空に据えながら、砂まぶれの指を一つびくりとやると、声とも息ともわからないものが、干割れた唇の奥の方から、かすかに洩れて来たからである。

三

猪熊の婆に別れた太郎は、時々扇で風を入れながら、日陰も選ばず、朱雀の大路を北へ、進まない歩みをはこんだ。——

日中の往来は、人通りも極めて少ない。栗毛の馬に平文《ひらもん》の鞍を置いて跨《また》がった武士が一人、鎧櫃《よろいびつ》を荷った調度掛《ちょうどかけ》を従えながら、*綾藺《あやい》笠《がさ》に日をよけて、悠々と通った後には、ただ、せわしない燕《つばくら》が、白い腹を閃《ひらめ》かせて、時々、往来の砂をかすめるばかり、板葺、檜《ひ》皮葺《わだぶき》の屋根の向うに、むらがっている旱《ひで》り雲《ぐも》も、さっきから、凝然《ぎょうぜん》と、金銀銅鉄を熔かしたまま、小動《こゆる》ぎをする気色《けしき》はない。まして、両側に建て続いた家々は、いずれもしんと静まり返って、その板蔀《いたじとみ》や蒲簾《かますだれ》の後では、町中の人が悉《ことごと》く、死に絶えてしまったかとさえ疑われる。——

（猪熊の婆のいったように、沙金を次郎に奪われるという惧《おそれ》は、漸《ようや》く目の前に迫って来た。あの女が、——現在養父にさえ、身を任かせたあの女が、瘂痕《あばた》のある、隻眼《かため》の、醜い己《おれ》を、日にこそ焼けているが目鼻立ちの整った、若い弟に見かえるのは、元より何の不思議もない。己は、ただ、次郎が、——子供の時から、己を慕ってくれたあの次郎が、己の心もちを察してくれて、よしや沙金の方から手を出してもその誘惑に乗らないだけの、慎しみを持ってくれる事と、一図《いちず》に信じ切っていた。が、今になって考えれば、それは、弟を買かぶった、虫のいい量見に過ぎなかった。いや、弟を見上げすぎたというよりも、沙金の淫《みだら》な媚《こ》びのたくみを、見下げすぎた誤りだった。独り次郎ばかりではない。あの女の眼ざし一つで、身を亡ぼした男の数は、この炎天にひるがえる燕の数よりも、沢山ある。現にこういう己でさえ、ただ一度、あの女を見たばかりで、とうとう今のように、身を堕《おと》した。………)

すると*四条坊門《しじょうぼうもん》の辻を、南へやる赤糸毛の女車《おんなぐるま》が、静《しずか》に太郎の行く手を通りすぎる。車の中の人は見えないが、紅の裾濃《すそご》に染めた、すずしの下簾《したすだれ》が、町筋の荒涼としているだけに、一際《ひときわ》目に立ってなまめかしい。それにつき添った牛飼の童と雑色《ぞうしき》とは、迂散《うさん》らしく太郎の方へ眼をやったが、牛だけは、角を低《た》れて、漆のように黒い背を応揚にうねらしながら、わき見もせずに、のっそりと歩いてゆく。しかしとりとめのない考えに沈んでいる太郎には、車の金具の、まばゆく日に光ったのが、僅に眼にはいっただけである。

彼は、暫《しばら》く足をとめて、車を通りこさせてから、また隻眼を地に伏せて、黙々と歩きはじめた。——

（己が右の獄《ひとや》の放免《ほうめん》をしていた時の事を思えば、今では、遠い昔のような、心もちがする。あの時の己と今の己とを比べれば、己自身にさえ、同じ人間のような気はしない。あの頃の己は、三宝を敬う事も忘れなければ、王法に遵《したが》う事も怠らなかった。それが、今では、盗みもする。時によっては、火つけもする。人を殺した事も、二度や三度ではない。ああ、昔の己は――仲間の放免と一しょになって、何時《いつ》もの＊七半《しちはん》を打ちながら、笑い興じていた、あの昔の己は、今の己の眼から見ると、どの位仕合せだったかわからない。

考えれば、まだ昨日のように思われるが、実はもう一年前になった。――あの女が、盗みの咎《とが》で、検非違使《けびいし》の手から、右の獄へ送られる。己がそれと、ふとした事から、牢格子を隔てて、話し合うような仲になる。それから、その話が、だんだん度重《たびかさ》なって、何時《いつ》か互に身の上の事まで、打明け始める。とうとう、しまいには、猪熊の婆や同類の盗人が、牢を破ってあの女を救い出すのを、見ないふりをして、通してやった。

その晩から、己は何度となく、猪熊の婆の家へ出入りをした。沙金は、己の行く時刻を見計らって、あの半蔀《はじとみ》の間から、雀色時《すずめいろどき》の往来を覗《のぞ》いている。そうして己の姿が見えると、鼠鳴きをして、はいれという。家の中には、下衆女《げす》の阿濃《あこぎ》の外に、誰もいない。やがて、蔀を下す。結び燈台へ火をつける。そうして、あの何畳かの畳の上に、折敷《おしき》や高坏《たかつき》を、所狭く置きならべて、二人ぎりの小酒盛をする。その揚句《あげく》が、笑ったり、泣いたり、喧嘩をしたり、仲直りをしたり――いわば、世間並の恋人同志が、するような事をして、何時でも夜を明かした。

日の暮に来て、夜のひき明け方に帰る。――あれが、それでも一月《ひとつき》は続いたろう。その中に、己には沙金が猪熊の婆のつれ子である事、今では二十何人かの盗人の頭になって、時々洛中を擾《さわ》がせている事、そうしてまた、日頃は容色を売って、傀儡《くぐつ》同様な暮しをしている事――そういう事が、だんだんわかって来た。が、それは、かえってあの女に、双紙の中の人間めいた、不思議な円光をかけるばかりで、少しも卑しいなどという気は起させない。無論、あの女は、時々己に、一《いっ》そ仲間へはいれという。が、己は何時も、承知しない。すると、あの女は、己の事を臆病だといって、莫迦《ばか》にする。己はよくそれで、腹を立てた。………)

「はい、はい」と馬を叱る声がする。太郎は、慌《あわ》てて、路《みち》をよけた。

米俵を二俵ずつ、左右へ積んだ馬を曳いて、汗衫《かざみ》一つの下衆《げす》が、三条坊門の辻を曲りながら、汗もふかずに、炎天の大路を南へ下って来る。その馬の影が、黒く地面に焼きついた上を、燕が一羽、ひらり羽根を光らせて、すじかいに、空へ舞上った。と思うと、それがまた礫《つぶて》を投げるように、落として来て、太郎の鼻の先を一文字に、向うの板庇《いたびさし》の下へはいる。

太郎は、歩きながら、思い出したように、はたはたと、黄紙《きがみ》の扇を使った。――

（そういう月日が、続くともなく続く中に、己は、偶然あの女と養父との関係に、気がついた。もっとも己一人が、沙金を自由にする男でないという事も、知っていなかった訳《わけ》ではない。沙金自身さえ、関係した公卿《くげ》の名や法師の名を、何度も自慢らしく己に話した事がある。が、己はこう思った。あの女の肌は、大ぜいの男を知っているかも知れない。けれども、あの女の心は、己だけが占有している。そうだ、女の操は、体にはない。――己は、こうと信じて、己の嫉妬を抑えていた。勿論これも、あの女から、知らず知らず己が教《おそわ》った、考え方にすぎないかも知れない。が、ともかくもそう思うと、己の苦しい心はいくく分か楽になった。しかし、あの女と養父との関係は、それとちがう。

己は、それを感づいた時に、何ともいえず、不快だった。そういう事をする親子なら、殺して飽《あ》きたらない。それを黙って見る実の母の、猪熊の婆もまた、畜生より、無残な奴だ。こう思った己は、あの酔いどれの老爺の顔を見る度《たび》に、何度太刀へ手をかけたか、わからない。が、沙金はその度に、己の前で、殊更《ことさら》、手ひどく養父を莫迦《ばか》にした。そうしてその見え透いた手くだがまた、不思議に己の心を鈍らせた。「私は阿父《おとう》さんが嫌で嫌で仕方がないんです」といわれれば、養父を悪《にく》む気にはなっても、沙金を悪む気には、どうしてもなれない。そこで、己と養父とは、今日が今日まで、互に睨《にら》み合いながら、何事もなくすぎて来た。もしあのお爺にもう少し、勇気があったなら、――いや、己にもう少し、勇気があったなら、己たちはとうの昔、どちらか死んでいた事であろう。

…………)

頭を上げると、太郎は何時《いつ》か二条を折れて、耳敏川《みみとがわ》に跨《また》がっている、小さい橋にかかっていた。水の涸《か》れた川は、細いながらも、焼太刀《やきだち》のように、日を反射して、絶えてはつづく葉柳と家々との間に、かすかなせせらぎの音を立てている。その川の遥か下《しも》に、黒いものが二つ三つ、鵜の鳥かと思うように、流れの光りを乱しているのは、大方《おおかた》町の子供たちが、水でも浴びているのであろう。

　太郎の心には、一瞬の間、幼かった昔の記憶が、――弟と一しょに、五条の橋の下で、鮠《はえ》を釣った昔の記憶が、この炎天に通う微風のように、かなしく、なつかしく、返って来た。が、彼も弟も、今は昔の彼らではない。

　太郎は、橋を渡りながら、うすい痘痕《あばた》のある顔に、また険しい色を閃《ひらめ》かせた。――

（すると、突然ある日、その頃筑後《ちくご》の前司《ぜんじ》の小舎人《ことねり》になっていた弟が、盗人の疑いをかけられて、左の獄《ひとや》へ入れられたという知らせが来た。放免をしている己には、獄中の苦しさが、誰よりもよく、わかっている。己は、まだ筋骨《きんこつ》のかたまらない弟の身の上を、自分の事のように、心配した。そこで、沙金に相談すると、あの女はさも訳がなさそうに、「牢を破ればいいじゃないの」という。側にいた猪熊の婆も、しきりにそれをすすめてくれる。己は、とうとう覚悟をきめて、沙金と一しょに、五、六人の盗人を語り集めた。そうして、その夜の中に、獄を擾《さわ》がして、難なく弟を救い出した。その時、受けた創《きず》の痕《あと》は、今でも己の胸に残っている。が、それよりも忘れられないのは、己がその時始めて、放免の一人を斬り殺した事であった。あの男の鋭い叫び声と、それから、あの血の臭いとは、いまだに己の記憶を離れない。こういう今でも、己はそれを、この蒸暑い空気の中に、感じるような心もちがする。
　その翌日から、己と弟とは、猪熊の沙金の家で、人目を忍ぶ身になった。一度罪を犯したからは、正直に暮すのも、危い世渡りをして行くのも、検非違使《けびいし》の眼には、変りがない。どうせ死ぬ位なら、一日も長く生きていよう。そう思った己は、とうとう沙金のいうなりになって、弟と一しょに盗人の仲間入をした。それからの己は、火もつける。人も殺す。悪事という悪事で、何一つしなかったものはない。勿論、それも始めは、いやいやした。が、して見ると、意外に造作《ぞうさ》がない。己は何時の間にか、悪事を働くのが、人間の自然かも知れないと思い出した。…………）

　太郎は、半ば《なか》無意識に辻をまがった。辻には、石でまわりを積んだ一囲《ひとかこ》いの土饅頭《どまんじゆう》があって、その上に石塔婆《せきとうば》が二本、並んで、午後の日に赫《かつ》と、照りつけられている。その根元にはまた、何匹かの蜥蜴《とかげ》が、煤《すす》のように黒い体を、気味悪くへばりつかせていたが、太郎の足音に驚いたのであろう、彼の影の落ちるよりも早く、一度にざわめきながら、四方へ散った。が、太郎は、それに眼をやる気色もない。——

(己は、悪事をつむに従って、益《ますます》沙金に愛着を感じて来た。人を殺すのも、盗みをするのも、みんなあの女故《ゆえ》である。――現に牢を破ったのさえ、次郎を助けようと思う外に、一人の弟を見殺しにすると、沙金に哂《わら》われるのを、惧《おそ》れたからであった。――そう思うと、なおさら己は、何に換えても、あの女を失いたくない。

その沙金を、己は今、肉身の弟に奪われようとしている。己が命を賭《か》けて助けてやった、あの次郎に奪われようとしている。奪われようとしているのか、あるいは、もう奪われているのか、それさえも、はっきりはわからない。沙金の心を疑わなかった己は、あの女が外の男をひっぱりこむのも、善《よ》くない仕事の方便として、許していた。それから、養父との関係も、あのお爺が親の威光で、何も知らない中に、誘惑したと思えば、眼をつぶって、すごせない事はない。が、次郎との仲は、別である。

己と弟とは、気だてが変っているようで、実は見かけほど、変っていない。もっとも顔貌《かおかたち》は、七、八年前の疱瘡《もがさ》が、己には重く、弟には軽かったので、次郎は、生れついた眉目《みめ》をそのままに、うつくしい男になったが、己はそのために隻眼《かため》つぶれた、生まれもつかない不具になった。その醜い、隻眼の己が、今まで沙金の心を捕えていたとすれば、

（これも、己のうぬ惚れだろうか。）それは己の魂の力に相違ない。そうして、その魂は、同じ親から生まれた弟も、己に変りなく持っている。しかも、弟は、誰の眼にも己よりはうつくしい。そういう次郎に、沙金が心を惹《ひ》かれるのは、元より理の当然である。その上また、次郎の方でも、己にひきくらべて考えれば、到底あの女の誘惑に、勝てようとは思われない。いや、己は、始終己の醜い顔を恥じている。そうして、大抵の情事には、自《おのずか》らひかえ目になっている。それでさえ、沙金には、気違いのように、恋をした。まして、自分の美しさを知っている次郎が、どうして、あの女の見せる媚《こ》びを、返さずにいられよう。――

こう思えば、次郎と沙金とが、近づくようになるのは、無理もない。が、無理がないだけ、それだけ、己には苦痛である。弟は、沙金を己から奪おうとする。――それも、沙金の全部を、己から奪おうとする。何時かは、そうして必ず。ああ、己の失うのは、独《ひと》り沙金ばかりではない。弟も一しょに失うのだ。そうして、その代りに、次郎という名の敵《かたき》が出来る。――己は、敵には用捨《ようしゃ》しない。敵も、己に用捨はしないだろう。そうなれば、落ち着く所は、今から予《あらかじ》めわかっている。弟を殺すか、己が殺されるか。そ

…………）

太郎は、死人の臭いが、鋭く鼻を打ったのに、驚いた。が、彼の心の中の死が、臭ったという訳ではない。見ると、猪熊《いのくま》の小路《こうじ》の辺《あたり》、とある網代《あじろ》の塀の下に腐爛《ふらん》した子供の屍骸《しがい》が二つ、裸のまま、積み重ねて捨ててある。はげしい天日に、照りつけられたせいか、変色した皮膚の所々が、べっとりと紫がかった肉を出して、その上にはまた青蠅が、何匹となく止っている。それればかりではない。一人の子供のうつむけた顔の下には、もう足の早い蟻がついた。——

太郎は、目のあたりに、自分の行く末を見せつけられたような心もちがした。そうして、思わず下唇を緊く嚙《か》んだ。——

(殊《こと》に、この頃は、沙金も己を避けている。たまに会っても、いい顔をした事は、一度もない。時々は己に面と向って、悪口さえきく事がある。己はその度に腹を立てた。打った事もある。蹴った事もある。が、打っている中に、蹴っている中に、己は何時でも、己自身を折檻《せっかん》しているような心もちがした。それも無理はない。己の二十年の生涯は、沙金のあの眼の中に宿っている。だから沙金を失うのは、今までの己を失うのと、変りはない。

沙金を失い、弟を失い、そうしてそれとともに己自身も失ってしまう。己はすべてを失う時が来たのかも知れない。…………)

そう思う中に、彼は、もう猪熊の婆の家の、白い布をぶら下げた戸口へ来た。まだここまでも、死人の臭いは、伝わって来るが、戸口の傍に、暗い緑の葉を垂れた枇杷《びわ》があって、その影が僅《わずか》ながら、涼しく窓に落ちている。この木の下を、この戸口へはいった事は、何度あるかわからない。が、これからは?

太郎は、急にある気づかれを感じて、一味の感傷にひたりながら、その眼に涙をうかべて、そっと戸口へ立ちよった。すると、その時である。家の中から、忽《たちま》ちけたたましい女の声が、猪熊の爺《おじ》の声に交って、彼の耳を貫いた。沙金なら、捨ててはおけない。彼は、入口の布をあげて、うすぐらい家の中へ、忙しく一足ふみ入れた。

四

猪熊の婆に分れると、次郎は、重い心を抱きながら、立本寺《りゅうほんじ》の門の石段を、一つずつ数えるように上って、その所々剥落《はくらく》した朱塗の丸柱の下へ来て、疲れたように腰を下した。さすがの夏の日も、斜につき出した、高い瓦に遮《さえぎ》られて、ここまではさして来ない。後を見ると、うす暗い中に、一体の金剛力士が青蓮花《あおれんげ》を踏みながら、左手の杵を高くあげて、胸のあたりに燕の糞をつけたまま、寂然と境内の昼を守っている。——次郎は、此処《ここ》へ来て、始めて落着いて、自分の心もちが考えられるような気になった。

日の光は、あいかわらず目の前の往来を、照り白《し》らませて、その中にとびかう燕の羽を、さながら黒繻子《くろじゅす》か何かのように、光らせている。大きな日傘をさして、白い水干を着た男が一人、青竹の文挟《ふばさみ》に挟んだ文《ふみ》を持って、暑《あ》つそうにゆっくり通った後は、向うに続いた築土《ついじ》の上へ、影を落す犬もない。

次郎は、腰にさした扇をぬいて、その黒柿の骨を、一つずつ指で送ったり、もどしたりしながら、兄と自分との関係を、それからそれへ、思い出した。——

何で自分は、こう苦しまなければ、ならないのであろう。たった一人の兄は、自分を敵《かたき》のように思っている。顔を合せるごとに、こちらから口をきいても、浮かない返事をして、話の腰を折ってしまう。それも、自分と沙金とが、今のような事になって見れば、無理のない事に相違ない。が、自分は、あの女に会う度に、始終兄にすまないと思っている。別して、会った後のさびしい心もちでは、よく兄がいとしくなって、人知れない涙もこぼしこぼしした。現に、一度なぞは、このまま、兄にも沙金にも別れて、東国へでも下ろうとさえ、思った事がある。そうしたら、兄も自分を憎まなくなるだろうし、自分も沙金を忘れられるだろう。そう思って、よそながら暇乞《いとまご》いをするつもりで、兄の所へ会いにゆくと、兄は何時も、そっけなく、自分をあしらった。そうして、沙金に会うと、――今度は自分が、折角《せっかく》の決心を忘れてしまう。が、その度に、自分はどの位、自分自身を責めた事であろう。

しかし、兄には、自分のこの苦しみがわからない。ただ一図《いちず》に、自分を、恋の敵《かたき》だと思っている。自分は、兄に罵《ののし》られてもいい。顔に唾されてもいい。あるいは場合によっては、殺されてもいい。が、自分が、どの位自分の不義を憎んでいるか、どの位兄に同情しているか、それだけは、察していてもらいたい。その上でならば、どんな死に様《ざま》をするにしても、兄の手にかかれば、本望だ。いや、むしろ、この頃の苦しみよりは、一思いに死んだ方が、どの位仕合《しあわ》せだかわからない。

自分は、沙金に恋をしている。が、同時に憎んでもいる。あの女の多情な性質は、考えただけでも、腹立たしい。その上に、絶えず嘘をつく。それから、兄や自分でさえためらうような、虐《ひど》い人殺しも、平気でする。時々、自分は、あの女の淫《みだら》な寝姿を眺めながら、どうして、自分がこんな女に、ひかされるのだろうと思ったりした。殊《こと》に、見ず知らずの男にも、慣々しく肌を任かせるのを見た時には、一《いっ》そ自分の手で、殺してやろうかという気にさえなった。それほど、自分は、沙金を憎んでいる。が、あの女の眼を見ると、自分はやっぱり、誘惑に陥ってしまう。あの女のように、醜い魂と、美しい肉身とを持った人間は、外にいない。

この自分の憎しみも、兄にはわかっていないようだ。いや、元来兄は、自分のように、あの女の獣のような心を、憎んではいないらしい。たとえば、沙金と外の男との関係を見るにしても、兄と自分とは全く眼がちがう。兄は、あの女が誰と一しょにいるのを見ても、黙っている。あの女の一時の気まぐれは、気まぐれとして、許しているらしい。が、自分は、そう行かない。自分にとっては、沙金が肌身を汚す事は、同時に沙金が心を汚す事だ。あるいは心を汚すより、以上の事のように思われる。勿論自分には、あの女の心が、外の男に移るのも許されない。が、肌身を外の男に任せるのは、それよりもなお、苦痛である。それだからこそ、自分は兄に対しても、嫉妬をする。すまないとは思いながら、嫉妬をする。して見ると、兄と自分との恋は、まるでちがう考が、元になっているのではあるまいか。そうしてそのちがいが、余計二人の仲を、悪くするのではあるまいか。…………

次郎は、ぼんやり往来を眺めながら、こんな事をしみじみと考えた。すると、丁度その時である。突然、けたたましい笑い声が、まばゆい日の光を動かして、往来のどちらかから聞えて来た。と思うと、癇高《かんだか》い女の声が、舌のまわらない男の声と一しょになって、人もなげに、淫《みだら》な冗談をいいかわして来る。次郎は、思わず扇を腰にさして、立上った。

が、柱の下をはなれて、まだ石段へ足を下すか下さない中に、小路を南へ歩いて来た二人の男女が、彼の前を通りかかった。

男は、*樺桜《かばざくら》の直垂《ひたたれ》に*梨打《なしうち》の烏帽子をかけて、打出しの太刀を闊達《かったつ》に佩《は》いた、三十ばかりの年配で、どうやら酒に酔っているらしい。女は、白地にうす紫の模様のある衣を着て、市女笠《いちめがさ》に被衣《かずき》をかけているが、声といい、物ごしといい、紛れもない沙金である。──次郎は、石段を下りながら、じっと唇を噛んで、眼を外《そ》らせた。が、二人とも、次郎には、眼をかける容子《ようす》がない。

「じゃよくって。きっと忘れちゃいやよ。」

「大丈夫だよ。己がひきうけたからは、大船に乗った気でいるがいい。」

「だって、私の方じゃ命がけなんですもの。この位、念を押さなくちゃしようがないわ。」

男は赤髭《あかひげ》の少しある口を、咽《のど》まで見えるほど、あけて笑いながら、指で、ちょいと沙金の頰を突ついた。

「己の方も、これで命がけさ。」

「うまくいっているわ。」

二人は、寺の門の前を通りすぎて、さっき次郎が猪熊の婆と別れた辻まで行くと、そこに足をとめたまま暫《しばら》くは、人目も恥じず、ふざけ合っていたが、やがて、男は、振りかえり振りかえり、何か頻《しきり》にからかいながら、辻を東へ折れてしまう。女は、踵《くびす》をめぐらして、まだくすくす笑いながら、またこっちへ帰って来る。——次郎は、石段の下に佇んで、うれしいのか情ないのか、わからないような感情に動かされながら、子供らしく顔を赤らめて、被衣《かずき》の中から覗いている、沙金の大きな黒い眼を迎えた。

「今のやつを見た？」

沙金は、被衣を開いて、汗ばんだ顔を見せながら、笑い笑い、問いかけた。

「見なくってさ。」

「あれはね。——まあ此処《ここ》へかけましょう。」

二人は、石段の下の段に、肩をならべて、腰を下した。幸《さいわい》、ここには門の外に、ただ一本、細い幹をくねらした、赤松の影が落ちている。

「あれは、藤判官の所の侍なの。」

沙金は、石段の上に腰を下すか下さないのに、市女笠をぬいで、こういった。小柄な、手足の動かし方に猫のような敏捷《びんしょう》さがある、中肉の、二十五、六の女である。顔は、恐しい野性と異常な美しさとが、一つになったとでもいうのであろう、狭い額とゆたかな頬と、鮮《あざやか》な歯と淫《みだら》な唇と、鋭い眼と応揚な眉と、——すべて、一つになり得そうもないものが、不思議にも一つになって、しかもそこに、爪ばかりの無理もない。が、中でも見事なのは、肩にかけた髪で、これは、日の光の加減によると、黒い上につややかな青みが浮く。さながら、烏の羽根と違いがない。次郎は、何時《いつ》見ても変らない女のなまめかしさを、むしろ憎いように感じたのである。

「そうして、お前さんの情人《おとこ》なんだろう。」

沙金は、眼を細くして笑いながら、無邪気らしく、首をふった。

「あいつの莫迦《ばか》といったら、ないのよ。妾《わたし》のいう事なら、何でも、犬のようにきくじゃないの。おかげで、何も彼も、すっかりわかってしまった。」

「何がさ。」

「何がって、藤判官の屋敷の容子《ようす》がよ。それゃ一方ならないお饒舌《しゃべり》なんでしょう。さっきなんぞは、この頃、あすこで買った馬の話まで、話して聞かしたわ。――そうそう、あの馬は太郎さんに頼んで盗ませようかしら。陸奥出《みちのくで》の三才駒だっていうから、満更でもないわね。」

「そうだ。兄貴なら、何でもお前の御意《ぎょい》次第だから。」

「いやだわ。嫉妬《やきもち》をやかれるのは、妾《わたし》大きらい。それも、太郎さんなんぞ、――そりゃはじめは、妾の方でも、少しはどうとか思ったけれど、今じゃもう何でもないわ。」

「その中に、私の事もそういう時が来やしないか。」

「それは、どうだかわかりゃしない。」

沙金は、また癇高い声で、笑った。

「怒ったの？　じゃ、来ないっていいましょうか。」

「内心女夜叉《ないしんにょやしゃ》さね。お前は。」

次郎は、顔をしかめながら、足下の石を拾って、向うへ投げた。

「そりゃ、女夜叉かも知れないわ。ただ、こんな女夜叉に惚れられたのが、あなたの因果だわね。——まだ疑っているの。じゃ妾、もう知らないからいい。」

沙金は、こういって、暫くじっと、往来を見つめていたが、急に鋭い眼を、次郎の上に転じると、忽冷《たちまちひややか》な微笑が、唇をかすめて、一過した。

「そんなに疑うのなら、いい事を教えて上げましょうか。」

「いい事?」

「ええ」

女は、顔を次郎の側《そば》へ持って来た。うす化粧のにおいが、汗にまじって、むんと鼻をつく。——次郎は、身の中がむず痒いほど、烈《はげ》しい衝動を感じて、思わず顔を側《わき》へむけた。

「妾ね、あいつにすっかり、話してしまったの。」

「何を?」

「今夜、みんなで藤判官の屋敷へ、行くという事を。」

次郎は、耳を信じなかった。息苦しい官能の刺戟も、一瞬の間に消えてしまう。——

彼はただ、疑わしげに、空しく女の顔を見返した。

「そんなに驚かなくったっていいわ。何でもない事なのよ。」

沙金は、やや声を低めて、嘲笑《あざわら》うような調子を出した。

「妾こういったの。妾の寝る部屋は、あの大路面《おおじめん》の檜垣《ひがき》のすぐ側なんですが、昨夜その檜垣の外で、きっと盗人でしょう。五、六人の男が、あなたの所へはいる相談をしているのが聞えました。それがしかも、今夜なんです。お馴染《なじ》み甲斐《がい》に、教えて上げましたから、それ相当の用心をしないと、あぶのうござんすよって。だから、今夜は、きっと向うにも、手くばりがあるわ。あいつも、今人を集めに行った所なの。二十人や三十人の侍は、くるにちがいなくってよ。」

「どうしてまた、そんな余計な事をしたのさ。」

次郎は、まだ落着かない容子で、当惑したらしく、沙金の眼を窺《うかが》った。

「余計じゃないわ。」

沙金は、気味悪く、微笑した。そうして、左の手で、そっと次郎の右の手に、さわりながら、

「あなたのためにしたの。」

「どうして？」

こういいながら、次郎の心には、恐しいあるものが感じられた。まさか――

「まだわからない？　そういっておいて、太郎さんに、馬を盗む事を頼めば――ね。いくら何だって、一人じゃかなわないでしょう。いえさ、外のものが加勢をしたって、知れたものだわ。そうすれば、あなたも妾も、いいじゃないの。」

次郎は、全身に水を浴びせられたような心もちがした。

「兄貴を殺す！」

沙金は、扇を弄《もてあそ》びながら、素直に頷《うなず》いた。

「殺しちゃ悪い？」

「悪いよりも――兄貴を罠《わな》にかけて――」

「じゃあなた殺せて？」

次郎は、沙金の眼が、野猫のように鋭く、自分を見つめているのを感じた。そうして、その眼の中に、恐しい力があって、それが次第に自分の意志を、痲痺させようとするのを感じた。

「しかし、それは卑怯《ひきょう》だ。」

「卑怯でも、仕方がなくはない？」

沙金は、扇をすてて、静《しずか》に両手で、次郎の右の手をとらえながら、追窮した。

「それも、兄貴一人やるのならいいが、仲間を皆、あぶない目に遇わせてまで――」

こういいながら、次郎は、しまったと思った。狡猾《こうかつ》な女は勿論、この機会を見のがさない。

「一人やるのならいいの？　なぜ？」

次郎は、女の手をはなして、立上った。そうして、顔の色を変えたまま、黙って、沙金の前を、右左に歩き出した。

「太郎さんを殺していいんなら、仲間なんぞ何人殺したって、いいでしょう。」

沙金は、下から次郎の顔を見上げながら、一句を射た。

「お婆《ばば》はどうする？」

「死んだら、死んだ時の事だわ。」

次郎は、立止って、沙金の顔を見下した。女の眼は、侮蔑と愛欲とに燃えて炭火のように熱を持っている。

「あなたのためなら、妾誰《わたし》を殺してもいい。」

この語《ことば》の中には、蝎《さそり》のように、人を刺すものがある。次郎は、再《ふたたび》一種の戦慄を感じた。

「しかし、兄貴は――」

「妾は、親も捨てているのじゃない？」

こういって、沙金は、眼を落すと、急に張りつめた顔の表情が弛《ゆる》んで、焼砂の上へ、日に光りながらはらはらと涙が落ちた。

「もうあいつに話してしまったのに、――今更取返しはつきはしない。――そんな事がわかったら、妾は――妾は、仲間に――太郎さんに殺されてしまうじゃないの。」

その切れ切れな語とともに、次郎の心には、自ら絶望的な勇気が、湧いて来る。血の色を失った彼は、黙って、土に膝をつきながら、冷い両手に緊く、沙金の手をとらえた。

彼らは二人とも、その握りあう手の中に、恐しい承諾の意を感じたのである。

五

白い布をかかげて、家の中に一足ふみこんだ太郎は、意外な光景に驚かされた。――見ると、広くもない部屋の中には、厨《くりや》へ通う遣戸《やりど》が一枚、斜に網代屏風《あじろびょうぶ》の上へ、倒れかかって、その拍子にひっくり返ったものであろう、蚊遣《かや》りを焚く土器《かわらけ》が、二つになってころがりながら、一面にあたりへ、燃え残った青松葉を、灰と一しょにふりまいている。その灰を頭から浴びて、ちぢれ髪の、色の悪い、肥った、十六、七の下衆女《げすおんな》が一人、これも酒肥りに肥った、禿頭の老人に、髪の毛をつかまれながら、怪しげな麻の単衣《ひとえ》の、前も露《あらわ》に取乱したまま、足をばたばた動かして、気違いのように、悲鳴を上げる——と、老人は、左手に女の髪をつかんで、右手に口の欠けた瓶子《へいし》を、空ざまにさし上げながら、その中の煤《すす》けた液体を、強《し》いて相手の口へ注ぎこもうとする。が、液体は、徒《いたずら》に女の顔を、眼といわず、鼻といわず、うす黒く横流するだけで、口へは、殆どはいらないらしい。そこで老人は、いよいよ、気を苛《いら》って無理に女の口を、割ろうとする。女は、とられた髪も、ぬけるほど強く、頭を振って、一滴もそれを飲むまいとする。手と手と、足と足とが、互にもつれたり、はなれたりして、明い処から、急にうす暗い家の中へはいった、太郎の眼には、どちらがどちらの体とも、わからない。が、二人が誰だという事は、勿論《もちろん》一目見て、それと知れた。——

太郎は、草履《ぞうり》を脱ぐ間ももどかしそうに、慌《あわただ》しく部屋の中へ躍りこむと、突嗟《とっさ》に老人の右の手をつかんで、苦もなく瓶子をもぎはなしながら、怒気を帯びて、一喝した。

「何をする？」

太郎の鋭いこの語《ことば》は、忽《たちまち》噛みつくような、老人の語で答えられた。

「おぬしこそ、何をする。」

「己か。己ならこうするわ。」

太郎は、瓶子を投げすてて、更に相手の左の手を、女の髪からひき離すと、足をあげて老人を、遣戸《やりど》の上へ蹴倒した。不意の救いに驚いたのであろう、阿濃《あこぎ》は慌てて、一、二間這いのいたが、老人の後《しりえ》へ倒れたのを見ると、神仏《かみほとけ》をおがむように、太郎の前へ手を合せて、震えながら頭を下げた。と思うと、乱れた髪もつくろわずに、脱兎《だっと》の如く身を躱《かわ》して、徒跣《はだし》のまま、縁を下へ、白い布をひらりとくぐる。——猛然として、追いすがろうとする猪熊の爺《おじ》を、太郎が再《ふたたび》一蹴して、灰の中に倒した時には、彼女は既に息を切らせて、枇杷《びわ》の木の下を北へ、こけつまろびつして、走っていた。……………

「助けてくれ。人殺しじゃ。」

老人は、こうわめきながら、始《はじめ》の勢にも似ず、網代屏風をふみ倒して、厨《くりや》の方へ逃げようとする。——太郎は、すばやく猿臂《えんぴ》をのべて、浅黄《あさぎ》の水干の襟上《えりがみ》をつかみながら、相手をそこへ引き倒した。

「人殺し。人殺し。助けてくれ。親殺しじゃ。」

「莫迦《ばか》な事を。誰がおぬしなぞを殺すものか。」

太郎は、膝の下に老人を押し伏せたまま、こう高らかに、嘲笑《あざわら》った。が、それと同時に、この老爺《おやじ》を殺したいという欲望が、抑え難いほど強く、起って来た。殺すのには、勿論何の面倒もない。ただ、一突き――あの赤く皮のたるんでいる頸《うなじ》を、ただ、一突き突きさえすれば、それでもう万事が完《おわ》ってしまう。突き透した太刀の鋒《きつさき》が、畳へはいる手答えと、その太刀の柄へ感じて来る、断末魔の身もだえと、そうして、また、その太刀を押し戻す勢で、溢《あふ》れて来る血の臭いと、――そういう想像は、自ら太郎の手を、葛《つづら》巻《ま》きの太刀の柄へのばさせた。

「嘘じゃ。嘘じゃ。おぬしは、何時もわしを殺そうと思うている。――やい、誰か助けてくれ。人殺しじゃ。親殺しじゃ。」

猪熊の爺は、相手の心を見透したのか、また一しきりはね起きようとして、すまいながら、必死になって、わめき立てた。

「おぬしは、何で阿濃を、あのような目にあわせた。さあその仔細《しさい》をいえ。いわねば……」

なかろう。」

「いう。いう。――いうがな。いった後でも、おぬしの事じゃ。殺さないものでも、なかろう。」

「うるさい。いうか、いわぬか。」

「いう。いう。いう。が、先、そこを放してくれ。これでは、息がつまって、口がきけぬわ。」

太郎は、それを耳にもかけないように、殺気立った声で、いら立たしく繰返した。

「いうか、いわぬか。」

「いう。」と、猪熊の爺は、声をふりしぼって、まだはね返そうと、もがきながら、「いうともな。あれはただ、わしが薬をのましょうと思うたのじゃ。それを、あの阿濃の阿呆《あほう》めが、どうしても飲みおらぬ。されば、ついわしも手荒な事をした。それだけじゃ。いや、まだある。薬をこしらえおったのは、お婆じゃ、わしの知った事ではない。」

「薬？　では、堕胎薬《おろしぐすり》だな。いくら阿呆でも、嫌がる者をつかまえて、非道な事をする老爺《おやじ》だ。」

「それ見い。いえというから、いえば、なおおぬしは、わしを殺す気になるわ。人殺し。極道。」

「誰がおぬしを殺すといった？」

「殺さぬ気なら、何故おぬしこそ、太刀の柄へ手をかけているのじゃ。」

老人は、汗にぬれた禿頭を仰向けて、上眼に太郎を見上げながら、口角に泡をためて、こう叫んだ。太郎は、はっと思った。殺すなら、今だという気が、心頭をかすめて、一閃する。彼は思わず、膝に力を入《いれ》ながら、太刀の柄を握りしめて、老人の頸のあたりをじっと見た。僅かに残った胡麻塩の毛が、後頭部を半ば蔽《おお》った下に、二筋の腱が、赤い鳥肌《とりはだ》の皮膚の皺《しわ》を、そこだけ目だたないように、のばしている。――太郎は、その頸を見た時に、不思議な憐憫《れんびん》を感じ出した。

「人殺し。親殺し。嘘つき。親殺し。親殺し。」

猪熊の爺は、つづけさまに絶叫しながら、漸《ようや》く、太郎の膝の下からはね起きた。はね起きると、すばやく倒れた遣戸を小楯にとって、きょろきょろ、眼を左右にくばりながら、隙《すき》さえあれば、逃げようとする。――その一面に赤く地腫れのした、眼も鼻も歪《ゆが》んでいる、狡猾らしい顔を見ると、太郎は、今更のように、殺さなかったのを後悔した。が、彼は徐《おもむろ》に太刀の柄から手を離すと、彼自身を憫《あわれ》むような苦笑を唇に浮べながら、手近の古畳の上へしぶしぶ腰を下した。

「おぬしを殺すような太刀は、持たぬわ。」

「殺せば、親殺しじゃて。」

彼の容子《ようす》に安心した、猪熊の爺は、そろそろ遣戸の後から、にじり出ながら、太郎の座ったのと、すじかいに敷いた畳の上へ、自分も落ちつかない尻を据えた。

「おぬしを殺して、何で親殺しになる?」

太郎は、眼を窓にやりながら、吐き出すように、こういった。四角に空を切りぬいた窓の中には、枇杷の木が、葉の裏表に日を受けて、明暗さまざまな緑の色を、ひっそりと風のない梢にあつめている。

「親殺しじゃよ。——何故といえばな。沙金は、わしの義理の子じゃ。されば、つながるおぬしも、子ではないか。」

「じゃ、その子を妻《め》にしているおぬしは、何だ。畜生かな、それともまた、人間かな。」

老人は、さっきの争いに破れた、水干の袖を気にしながら、唸るような声でいった。

「畜生でも、親殺しはすまいて。」

太郎は、唇を歪めて、嘲笑った。

「あいかわらず、達者な口だて。」

「何が達者な口じゃ。」

猪熊の爺は、急に鋭く、太郎の顔を睨《にら》めたが、やがてまた、鼻で笑いながら、

「されば、おぬしにきくがな、おぬしは、このわしを、親と思うか。いやさ、親と思う事が出来るかよ。」

「きくまでもないわ。」

「出来まいな。」

「おお、出来ない。」

「それが手前勝手じゃ。よいか。沙金はお婆のつれ子じゃよ。が、わしの子ではない。されば、お婆につれそうわしが、沙金を子じゃと思わねばならぬなら、沙金につれそうおぬしも、わしを親じゃと思わねばなるまいがな。それをおぬしは、わしを親とも思わぬ。思わぬどころか、場合によっては、打ち打擲《ちょうちゃく》もするではないか。そのおぬしが、わしにばかり、沙金を子と思えとは、どういう訳じゃ。妻《め》にして悪いとは、どういう訳じゃ。沙金を妻にするわしが、畜生なら、親を殺そうとするおぬしも、畜生ではないか。」

老人は、勝ち誇った顔色で、皺だらけの人さし指を、相手につきつけるようにしなが

ら、眼をかがやかせて、饒舌《しゃべ》り立てた。

「どうじゃ。わしが無理か、おぬしが無理か、いかなお主にも、この位な事はわかるであろう。それもわしとお婆とは、まだわしが、左兵衛府《さひょうえふ》の下人をしておった頃からの昔馴染《むかしなじみ》じゃ。お婆が、わしをどう思うたか、それは知らぬ。が、わしはお婆を懸想《けそう》していた。」

太郎は、こういう場合、この酒飲みの、狡猾な、卑しい老人の口から、こういう昔語りを聞こうとは夢にも思っていなかった。いや、むしろ、この老人に、人並の感情があるかどうか、それさえ疑わしいと、思っていた。懸想した猪熊の爺と懸想された猪熊の婆と、――太郎は、自ら自分の顔に、一脈の微笑が浮んで来るのを感じたのである。

「その中に、わしはお婆に情人《おとこ》がある事を知ったがな。」

「そんなら、おぬしは嫌われたのじゃないか。」

「情人があったとて、わしの嫌われたという、証拠にはならぬ。話の腰を折るなら、もう止めじゃ。」

猪熊の爺は、真顔《まがお》になって、こういったが、すぐまた、膝をすすめて、太郎の方へにじり寄りながら、唾をのみのみ、話し出した。

「その中に、お婆がその情人《おとこ》の子を妊《はら》んだて。が、これは何でもない。ただ、驚いたのは、その子を生むと、間もなく、お婆の行き方が、わからなくなって、しもうた事じゃ。人に聞けば、疫病で死んだの、筑紫へ下ったのといいおるわ。後《あと》で聞けば、何の、＊奈良坂《ならざか》のしるべの許《もと》へ、一時身を寄せておったげじゃ。が、わしは、それから俄《にわか》に、この世が味気なくなってしもうた。されば、酒も飲む、賭博《ばくち》も打つ。遂には、人に誘われて、まんまと強盗にさえ身を堕《おと》したがな。綾を盗めば綾につけ、錦を盗めば、錦につけ、思い出すのは、ただ、お婆の事じゃ。それから十年たち、十五年たって、やっとまたお婆に、めぐり会って見れば――」

今では全く、太郎と一つ畳に座りこんだ老人は、ここまで話すと、次第に感情が昂《たか》ぶって来たせいか、暫《しばら》くはただ、涙に頰を濡らしながら、口ばかり動かして、黙っている。太郎は、隻眼をあげて、別人を見るように、相手のべそを掻いた顔を眺めた。

「めぐり会って見れば、お婆は、もう昔のお婆ではない。わしも、昔のわしでなかったのじゃ。が、つれている子の沙金を見れば、昔のお婆がまた、帰って来たかと思うほど、俤《おもかげ》がよう似ているて。されば、わしはこう思うた。今、お婆に別れれば、沙金ともまた別れなければならぬ。もし沙金と別れまいと思えば、お婆と一しょになるばかりじや。よし、ならば、お婆を妻《め》にしよう――こう思切って、持ったのが、この猪熊の瘦世帯《やせじょたい》じゃ。…………」

猪熊の爺は、泣き顔を、太郎の顔の側へ持って来ながら、涙声でこういった。すると、その拍子に、今まで気のつかなかった、酒くさい臭いが、ぷんとする。――太郎は、呆気《あっけ》にとられて、扇のかげに、鼻をかくした。

「されば、昔から今日の日まで、わしが命にかけて思うたのは、ただ、昔のお婆一人ぎりじゃ。つまりは今の沙金一人ぎりじゃよ。それを、おぬしは、何かにつけて、わしを畜生じゃなどという。この老爺がおぬしは、それほど憎いのか。憎ければ、一《いっ》そ殺すがよい。今ここで、殺すがよい。おぬしに殺されれば、わしも本望じゃ。が、よいか、親を殺すからは、おぬしも、畜生じゃぞよ。畜生が畜生を殺す――これは、面白かろう。」

涙が乾くに従って、老人はまた、元のように、ふて腐れた悪態をつきながら、皺だらけの人さし指をふり立てた。

「畜生が畜生を殺すのじゃ。さあ殺せ。おぬしは、卑怯者じゃな。ははあ、さっき、わしが阿濃に薬をくれようとしたら、おぬしが腹を立てたのを見ると、あの阿呆を孕《はら》ませたのも、おぬしらしいぞ。そのおぬしが、畜生でのうて、何が畜生じゃ。」

　こういいながら、老人は、一はやく、倒れた遣戸の向うへとび退いて、すわといえば、逃げようとする気配を示しながら、紫がかった顔中の造作を、憎々しく歪《ゆが》めて見せる。――太郎は、あまりの雑言《ぞうごん》に堪え兼ねて、立上りながら、太刀の柄へ手をかけたが、やめて、唇を急に動かすと、忽《たちま》ち相手の顔へ、一塊の痰を吐きかけた。

「おぬしのような畜生には、これが丁度、相当だわ。」

「畜生呼ばわりは、措《お》いてくれ。沙金は、おぬしばかりの妻《め》かよ。次郎殿の妻でもないか。されば、弟の妻を偸《ぬす》むおぬしもやはり、畜生じゃ。」

　太郎は、再《ふたたび》この老爺を殺さなかった事を後悔した。が、同時にまた、殺そうという気の起る事を惧《おそ》れもした。そこで、彼は、隻眼を火のように閃めかせながら、黙って、席を蹴って去ろうとする――すると、その後から、猪熊の爺はまた、指をふりふり、罵詈《ばり》を浴びせかけた。

「おぬしは、今の話をほんとうだと思うか。あれは、みんな嘘じゃ。婆が昔馴染じゃというのも、嘘なら、沙金がお婆に似ているというのも嘘じゃ。よいか。あれは、みんな嘘じゃ。が、咎《とが》めたくも、おぬしは咎められまい。わしは嘘つきじゃよ。畜生じゃよ。

おぬしに殺されそくなった、人でなしじゃよ。…………」

老人は、こう唾罵《だば》を飛ばしながら、追い追い、呂律《ろれつ》がまわらなくなって来た。が、なおも濁った眼に懸命の憎悪を集めながら、足を踏み鳴らして、意味のない事を叫びつづける。――太郎は、堪え難い嫌悪の情に襲われて、耳を掩《おお》うようにしながら、匆々《そうそう》、猪熊の家を出た。外には、やや傾きかかった日がさして、あいかわらずその中を、燕が軽々と流れている。――

「何処《どこ》へ行こう。」

外へ出て、思わずこう小首を傾けた太郎は、ふとさっきまでは、自分が沙金に会うつもりで、猪熊へ来たのに、気がついた。が、どこへ行ったら、沙金に会えるという、当《あ》てもない。

「ままよ。羅生門へ行って、日の暮れるのでも待とう。」

彼のこの決心には、勿論、幾分沙金に会えるという望みが、隠れている。沙金は、日頃から、強盗にはいる夜には、好んで、男装束に身をやつした。その装束や打物は、皆羅生門の楼上に、＊皮子《かわご》へ入れてしまってある。――彼は、心をきめて、小路を南へ、大股に歩き出した。

それから、三条を西へ折れて、耳敏川《みみとがわ》の向う岸を、四条まで下って行く――丁度、その四条の大路へ出た時の事である。太郎は、一町を隔てて、この大路を北へ、立本寺の築土の下を、話しながら通りかかる、二人の男女の姿を見た。朽葉色の水干とうす紫の衣とが、影を二つ重ねながら、はればれした笑声を後に残して、小路から小路へ通りすぎる。めまぐるしい燕の中に、男の黒鞘の太刀が、きらりと日に光ったかと思うと、二人はもう見えなくなった。太郎は、額を曇らせながら、思わず路側《みちばた》に足をとめて、苦しそうに呟《つぶや》いた。

「どうせみんな畜生だ。」

六

更《ふ》けやすい夏の夜は、早くも亥《い》の上刻《じょうこく》に迫って来た。――

月はまだ上らない。見渡す限り、重苦しい暗の中に、声もなく眠っている京の町は、加茂川の水面がかすかな星の光をうけて、ほのかに白く光っているばかり、大路小路の辻々にも、今は漸《ようや》く灯影《ほかげ》が絶えて、内裏といい、芒原《すすきばら》といい、町家《まちや》といい、悉《ことごと》く、静な夜空の下に、色も形も朧《おぼろ》げな、ただ広い平面を、ただ、際限もなく拡げている。それがまた、右京左京の区別なく、何処《どこ》も森閑《しんかん》と音を絶って、たまに耳にはいるのは、すじかいに声を飛ばす時鳥《ほととぎす》の外に、何もない。もしその中に一点でも、人なつかしい火がゆらめいて、かすかなものの声が聞えるとすれば、それは、香の煙のたちこめた大寺の内陣で、金泥《きんでい》も緑青《ろくしょう》も所斑《はだら》な、孔雀明王《くじゃくみょうおう》の画像を前に、常燈明《じょうとうみょう》の光をたのむ参籠《さんろう》の人々か、さもなくば、四条五条の橋の下で、短夜を芥火《あくたび》の影に偸《ぬす》む、乞食法師の群《むれ》であろう。あるいはまた、夜な夜な、往来の人をおびやかす朱雀門の古狐が、瓦の上、草の間に、ともすともなくともすという、鬼火の類《たぐい》であるかも知れない。が、その外は、北は千本、南の鳥羽街道の境を尽して、蚊遣りの煙のにおいのする、夜色の底に埋《う》もれながら、河原蓬の葉を動かす、微風もまるで知らないように、沈々として更けている。

その時、王城の北、朱雀大路のはずれにある、羅生門のほとりには、時ならない弦打《つるう》ちの音が、さながら蝙蝠《こうもり》の羽音のように、互に呼びつ答えつして、あるいは一人、あるいは三人、あるいは五人、あるいは八人、怪しげな出立《いでた》ちをしたものの姿が、次第に何処からか、つどって来た。覚つかない星明りに透かして見れば、太刀を佩《は》くもの、矢を負うもの、斧を執《と》るもの、戟《ほこ》を持つもの、皆それぞれ、得物《えもの》に身を固めて、*脛巾《はばき》藁沓《わろうず》の装いも甲斐々々《かいがい》しく、門の前に渡した石橋へ、むらむらと集って、列を作る——と、まっさきには、太郎がいた。それにつづいて、さっきの争いも忘れたように、猪熊の爺が、物々しく鉾の先を、きらりと暗《やみ》に閃《ひらめ》かせる。続いて、次郎、猪熊の婆、少し離れて、阿濃もいる。それにかこまれて、沙金は一人、黒い水干に太刀を佩いて、胡簶《やなぐい》を背に弓杖《ゆんづえ》をつきながら、一同を見渡して、あでやかな口を開いた。——

「いいかい。今夜の仕事は、何時もより手ごわい相手なんだからね。皆そのつもりで、いておくれ。さしずめ十五、六人は、太郎さんと一しょに、裏から、後《あと》は妾《わたし》と一しょに、表からはいってもらおう。中でも目ぼしいのは、裏の厩にいる陸奥《みちのく》出の馬だがね。これは、太郎さん、あなたに頼んでおくわ。よくって。」

太郎は、黙って星を見ていたが、これを聞くと、唇を歪《ゆが》めながら、頷《うなず》いた。

「それから断っておくが、女子供を質になんぞとっては、いけないよ。あとの始末が面倒だからね。じゃ、人数が揃ったら、そろそろ出かけよう。」

こういって、沙金は弓をあげて、一同を麾《さしまね》いたが、しょんぼり、指を噛んで立っている、阿濃を顧みると、またやさしく語を添えた。

「じゃ、お前は此処《ここ》で、待っていておくれ。一刻《いっとき》か二刻《ふたとき》で、皆帰ってくるからね。」

阿濃は、子供のように、うっとり沙金の顔を見て、静に合点した。

「されば、行こう。ぬかるまいぞ、多襄丸。」

猪熊の爺は、戟《ほこ》をたばさみながら、隣にいる仲間をふり返った。蘇芳染《すおうぞめ》の水干を着た相手は、太刀の鍔《つば》を鳴らして、「ふふん」といったまま、答えない。その代りに、斧をかついだ、青髭のさわやかな男が、横あいから、口を出した。

「おぬしこそ、また影法師なぞにおびえまいぞ。」

これと共に、二十三人の盗人どもは、ひとしく忍び笑いを洩らしながら、沙金を中に、雨雲のむらがる如く、一団の殺気をこめて、朱雀大路へ押し出すと、溝を溢れた泥水が、窪地々々へ引かれるように暗にまぎれて、何処へ行ったか、忽《たちまち》の中《うち》に、見えなくなった。

…………

後《あと》には、ただ、何時か月しろのした、うす明い空にそむいて、羅生門の高い甍《いらか》が、寂然《せきぜん》と大路を見下しているばかり、またしても時鳥《ほととぎす》の、声が遠近《おちこち》に断続して、今まで七丈五級の大石段に、佇《たたず》んでいた阿濃の姿も、どこへ行ったか、見えなくなった。——が、間もなく、門上の楼に、おぼつかない灯《ひ》がともって、窓が一つ、かたりと開《あ》くと、その窓から、遠い月の出を眺めている、小さな女の顔が出た。阿濃は、こうして、次第に明くなって行く京の町を、目の下に見下しながら、胎児の動くのを感じるごとに、独《ひと》りうれしそうに、ほほ笑んでいるのである。

七

次郎は、二人の侍と三頭の犬とを相手にして、血にまみれた太刀を揮《ふる》いながら、小路を南へ二、三町、下るともなく下って来た。今は沙金の安否を気づかっている余裕もない。侍は衆をたのんで、隙間もなく斬りかける。犬も毛の逆立った背を聳《そび》やかして、前後を嫌わず、飛びかかった。折からの月の光に、往来は、ほのかながら、打つ太刀をたがわせないほどに、明くなっている。――次郎は、その中で、人と犬とに四方を囲まれながら、必死になって、斬りむすんだ。

相手を殺すか、相手に殺されるか、二つに一つより生きる路はない。彼の心には、こういう覚悟とともに、殆《ほとんど》常軌を逸した、兇猛な勇気が、刻々に力を増して来た。相手の太刀を受止めて、それを向うへ斬返しながら、足もとを襲おうとする犬を、突嗟《とっさ》に横へ躱《かわ》してしまう。――彼は、この働きを殆《ほとんど》同時にした。そればかりではない。どうかするとその拍子に斬返した太刀を、逆にまわして、後から来る犬の牙を、防がなければならない事さえある。それでもさすがに何時か疵《きず》をうけたのであろう。月明りにすかして見ると、赤黒いものが一すじ、汗ににじんで、左の小鬢《こびん》から流れている。が、死に身になった次郎には、その痛みも気にならない。彼は、ただ、色を失った額に、秀でた眉を一文字に顰《ひそ》めながら、あたかも太刀に使われる人のように、烏帽子も落ち、水干も破れたまま、縦横に刃《やいば》を交えているのである。

それがどの位続いたか、わからない。が、やがて、上段に太刀をふりかざした侍の一人が、急に半身を後へそらせて、けたたましい悲鳴をあげたと思うと、次郎の太刀は、早くもその男の脾腹を斜に、腰のつがいまで斬りこんだのであろう。骨を切る音が鈍く響いて、横に薙《な》いだ太刀の光が、うす暗をやぶってきらりとする。——と、その太刀が宙におどって、もう一人の侍の太刀を、丁《ちょう》と下から払ったと見る間に、相手は肘《ひじ》をしたたか斬られて、矢庭《やにわ》に元来た方へ、敗走した。それを次郎が追いすがりざまに、斬ろうとしたのと、狩犬の一頭が鞠《まり》のように身をはずませて、彼の手下《てもと》へかぶりついたのとが、殆《ほとんど》、同時の働きである。彼は、一足後へとびのきながら、ふりかむった血刀の下に、全身の筋肉が一時に弛《ゆる》むような気落ちを感じて、月に黒く逃げてゆく相手の後姿を見送った。そうしてそれとともに、悪夢から覚めた人のような心もちで、今自分のいる所が、外ならない立本寺の門前だという事に気がついた。——

これから半刻ばかり以前の事である。藤判官の屋敷を、表から襲った偸盗《ちゅうとう》の一群は、中門の右左、車宿《くるまやどり》の内外から、思いもかけず射出した矢に、先胆を破られた。まっさきに進んだ真木島の十郎が、太腿を篦深《のぶか》く射られて、辷《すべ》るようにどうと倒れる。それを始めとして、瞬く間に二、三人、あるいは顔を破り、あるいは臂《ひじ》を傷《きず》つけて、慌《あわただ》しく後を見せた。射手の数は、勿論何人だかわからない。が、染羽白羽の尖り矢は、中には物々しい鏑《かぶら》の音さえ交えて、また一しきり飛んで来る。後に下っていた沙金でさえ、遂には黒い水干の袖を斜に、流れ矢に射透された。

「御頭《おかしら》に怪我をさすな。射ろ。射ろ。味方の矢にも、鏃《やじり》があるぞ。」

交野《かたの》の平六が、斧の柄をたたいて、こう罵《ののし》ると、「おう」という答えがあって、忽《たちま》ち盗人の中からも、また矢叫《やたけ》びの声が上り始める。太刀の柄に手をかけて、やはり後に下っていた次郎は、平六のこの語《ことば》に、一種の苛責《かしやく》を感じながら、見ないようにして沙金の顔を横からそっと覗《のぞ》いて見た。沙金は、この騒ぎの中にも冷然と佇《たたず》みながら、殊更《ことさら》月の光にそむきいて、弓杖《ゆんづえ》をついたまま、口角の微笑もかくさず、じっと矢の飛び交うのを、眺めている。――すると、平六が、またいら立たしい声を上げて、横あいから、こう叫んだ。

「何故《なぜ》十郎を捨てておくのじゃ。おぬしたちは矢玉が恐しゅうて、仲間を見殺しにする気かよ。」

太腿を縫われた十郎は、立ちたくも立てないのであろう、太刀を杖にしていざりながら、丁度《ちょうど》羽根をぬかれた鴉のように、矢を避け避け、もがいている。次郎は、それを見ると、異様な戦慄を覚えて、思わず腰の太刀をぬき払った。が、平六はそれを知ると、流し眄《め》にじろりと彼の顔を見て、

「おぬしは、お頭に附添うていればよい。十郎の始末は、小盗人で沢山じゃ。」と、嘲《あざけ》るようにいい放った。

次郎は、この語に皮肉な侮蔑を感じて、唇を嚙みながら、鋭く平六の顔を見返した。――すると、丁度その途端である。十郎を救おうとして、ばらばらと走り寄った、盗人たちの機先を制して、耳をつんざく一声の角を合図に、紛々として乱れる矢の中を、門の内から耳の尖った、牙の鋭い、狩犬が六、七頭すさまじい唸り声を立てながら、夜目にも白く埃《ほこり》を巻いて、まっしぐらに衝《つ》いて出た。続いてその後から十人十五人、手に手に打物を取った侍が、先を争って屋敷の外へ、ひしめきながら溢《あふ》れて来る。味方も勿論、見てはいない。斧をふりかざした平六を先に立てて、太刀や鉾が林のように、きらめき

ながら並んだ中から、人とも獣ともつかない声を、誰とも知らずわっと上げると、始めのひるんだ気色にも似ず一度に備えを立て直して、猛然として殺到する。沙金も、今は弓にたかうすべの矢を番《つが》えて、まだ微笑を絶たない顔に、一脈の殺気を浮べながら、すばやく路ばたの築土の壊れを小楯にとって、身がまえた。——

やがて敵と味方は、見る見る中に一つになって、気の違ったようにわめきながら、十郎の倒れている前後をめぐって、無二無三に打合い始めた。その中にまた、狩犬がけたたましく、血に餓えた声を響かせて、戦はいずれが勝つとも、暫くの間はわからない。そこへ一人、裏へまわった仲間の一人が、汗と埃とにまみれながら、二、三ケ所薄手を負うた容子《ようす》で、血に染まったままかけつけた。肩にかついだ太刀の刃のこぼれでは、この方の戦も、やはり存外手痛かったらしい。

「あっちは皆ひき上げますぜ。」

その男は、月あかりにすかしながら、沙金の前へ来ると、息を切らし切らし、こういった。

「何しろ肝腎《かんじん》の太郎さんが、門の中で、奴らに囲まれてしまったという騒ぎでしてな。」

沙金と次郎とは、うす暗い築土の影の中で、思わず眼と眼を見合せた。

「囲まれて、どうしたえ。」

「どうしたか、わかりません。が、事によると、——まあそれもあの人の事だから、万々大丈夫だろうとは思いますがな。」

次郎は、顔をそむけながら、沙金の側を離れた。が、小盗人は勿論そんな事は、気にとめない。

「それにお爺やお婆まで、手を負ったようでした。あの分じゃ殺された奴も、四、五人はありましょう。」

沙金は頷《うなず》いた。そうして次郎の後から追いかけるように、険のある声で、

「じゃ、私たちもひき上げましょう。次郎さん、口笛を吹いて頂戴。」といった。

次郎は、あらゆる表情が、凝《こ》り固まったような顔をしながら、左手の指を口へ含んで、鋭く二声、口笛の音を飛ばせた。これが、仲間にだけ知られている、引揚げの時の合図である。が、盗人たちは、この口笛を聞いても、踵《くびす》をめぐらす容子がない。(実は、人と犬とにとりかこまれてめぐらすだけの余裕がなかったせいであろう。)口笛の音は、蒸暑い夜の空気を破って、空しく小路の向うに消えた。そうしてその後には、人の叫ぶ

声と、犬の吠える声と、それから太刀の打ち合う音とが、遥《はるか》な空の星を動かして、一層騒然と、立ちのぼった。

沙金は、月を仰ぎながら、稲妻の如く眉を動かした。

「仕方がないわね。じゃ、私たちだけ帰りましょう。」

そういう話のまだ完《おわ》らない中《うち》に、そうして、次郎がそれを聞かないもののように、再《ふたたび》指を口に含んで相図を吹こうとした時に、盗人たちの何人かが、むらむらと備えを乱して、左右へ分れた中から、人と犬とが一つになって、二人の近くへ迫って来た。――と思うと、沙金の手に弓返《ゆがえ》りの音がして、まっさきに進んだ白犬が一頭、たかうすべの矢に腹を縫われて、苦鳴とともに、横に仆《たお》れる。見る間に、黒血がその腹から、斑々として砂に垂れた。が、犬に続いた一人の男は、それにも悸《お》じず、太刀をふりかざして、横あいから次郎に斬ってかかる。その太刀が、殆ど無意識に受けとめた、次郎の太刀の刃を打って、鏘然《そうぜん》とした響きとともに、瞬く間、火花を散らした。――次郎はその時、月あかりに、汗にぬれた赤鬚と切り裂かれた樺桜の直垂《ひたたれ》とを、相手の男に認めたのである。

彼は直下《じきげ》に、立本寺の門前を、ありありと眼に浮べた。そうして、それとともに、恐しい疑惑が、突然として、彼を脅かした。沙金はこの男と腹を合せて、兄のみならず、自分をも殺そうとするのではあるまいか。一髪の間にこういう疑いを抱いた次郎は、眼の前が暗くなるような怒りを感じて、相手の太刀の下を、脱兎の如く、くぐりぬけると、両手に緊く握った太刀を、奮然として、相手の胸に突き刺した。そうして、一たまりもなく仆れる相手の男の顔を、したたか藁沓《わろうず》でふみにじった。

彼は、相手の血が、生暖く彼の手にかかったのを感じた。太刀の先が肋《あばら》の骨に触れて、強い抵抗を受けたのを感じた。そうしてまた、断末魔の相手が、ふみつけた彼の藁沓に、下から何度も嚙みついたのを感じた。それらが、彼の復讐心に、快い刺戟を与えたのは、勿論である。が、それにつれて、彼はまた、ある名状し難い心の疲労に、襲われた。もし周囲が周囲だったら、彼は必《かならず》そこに身を投げ出して、飽くまで休息を貪《むさぼ》った事であろう。しかし、彼が相手の顔をふみつけて、血のしたたる太刀を向うの胸から引きぬいている中に、もう何人かの侍は、四方から彼をとり囲んだ。いや、既に後から、忍びよった男の鉾は、危く鋒《きっさき》を、彼の背に擬している。が、その男は、不意に前へよろめくと、鉾の先に次郎の水干の袖を裂いて、うつむけにがくりと仆れた。たかうすべの矢が一筋、颯然《さつぜん》と風を切りながら、一ゆりゆって後頭部へ、ぐさと箆深《のぶか》く立ったからである。

　それから後の事は、次郎にも、まるで夢のようにしか思われない。彼はただ、前後左右から落ちて来る太刀の中に、獣のような唸り声を出して、相手を選まず渡り合った。周囲に沸き返っている、声とも音ともつかない物の響と、その中に出没する、血と汗とにまみれた人の顔と――その外のものは、何も眼にはいらない。ただ、さすがに、後にのこして来た沙金の事が、太刀から迸《ほとばし》る火花のように、時々心に閃いた。が、閃いたと思う中に、刻々迫って来る生死の危急が、忽《たちま》ちそれを掻消《かきけ》してしまう。そうして、その後にはまた、太刀音と矢叫《やたけ》びとが、天を掩《おお》う蝗《いなご》の羽音のように、築土にせかれた小路の中で、とめどもなく湧き返った。――次郎は、こういう勢に促されて、何時か二人の侍と三頭の犬とに追われながら、小路を南へ少しずつ斬り立てられて来たのである。

　が、相手の一人を殺し、一人を追払った後で、犬だけなら、恐れる事もないと思ったのは、結局次郎の空だのみにすぎなかった。犬は三頭が三頭ながら、大きさも毛なみも一対な茶まだらの逸物で、犢《こうし》もこれにくらべれば、小さい事はあっても、大きい事はない。それが皆、口のまわりを人間の血に濡《ぬ》らして、前に変らず彼の足下へ、左右から襲いかかった。一頭の頤《あご》を蹴返すと、一頭が肩先へ躍りかかる。それと同時に、一頭の牙が、すんでに太刀を持った手を、噛もうとした。とまた、三頭とも巴のように、彼の前後に輪を画いて、尾を空ざまに上げながら、砂のにおいを嗅《か》ぐように、頤を前足へすりつけて、びょうびょうと吠え立てる。——相手を殺したのに、気のゆるんだ次郎は、前よりも一層、この狩犬の執拗《しゅうね》い働きに悩まされた。

しかも、いら立てば立つほど、彼の打つ太刀は皆空を斬って、ややともすれば、足場を失わせようとする。犬は、その隙に乗じて、熱い息を吐きながら、いよいよ休みなく肉薄した。もうこうなっては、ただ、窮余の一策しか残っていない。そこで、彼は、事によったら、犬が追いあぐんで、どこかに逃げ場が出来るかも知れないという、一縷《いちる》の望にたよりながら、打ち外した太刀を引いて、折から足を狙った犬の背を危く向うへと び越えると、月の光を便りにして、ひた走りに走り出した。が、元よりこの企ても、所詮《しょせん》は溺れようとするものが、藁でもつかむのと変りはない。犬は、彼が逃げるのを見ると、斉《ひと》しくきりりと尾を捲いて、後足に砂を蹴上げながら真一文字に追いすがった。

が、彼のこの企ては、単に失敗したというだけの事ではない。実はそれがために、かえって虎口にはいるような事が出来たのである。——次郎は立本寺の辻をきわどく西へ切れて、ものの二町と走るか走らない中に、忽《たちま》ち行く手の夜を破って、今自身を追っている犬の声より、より多く犬の声が、耳を貫いて起るのを聞いた。それから、月に白らんだ小路をふさいで、黒雲に足のはえたような犬の群が、右往左往に入り乱れて餌食《えじき》を争っている様《さま》が見えた。最後に――それは殆《ほとん》ど寸刻の暇《いとま》もなかった位である。すばやく彼を駆けぬけた狩犬の一頭が、友を集めるように高く吠えると、そこに狂っていた犬の群は、悉《ことごとく》相呼び相答えて、一度に狺々《ぎんぎん》の声をあげながら、見る間に彼を、その生きて動く、羶《なまぐさ》い毛皮の渦巻きの中へ捲きこんだ。深夜、この小路に、こうまで犬の集まっていたのは、元より何時もある事ではない。次郎は、この廃都を我物顔に、十、二十と頭を揃えて、血の臭いに餓えて歩く、獰猛《どうもう》な野犬の群が、ここに捨ててあった疫病《えやみ》の女を、宵の中から餌食にして、互に牙を噛みながら、そのちぎれちぎれな肉や骨を、奪合っている所へ、来たのである。

犬は、新しい餌食を見ると、一瞬の暇もなく、嵐に吹かれて飛ぶ稲穂のように、八方から次郎へ飛びかかった。たくましい黒犬が、太刀の上を躍り越えると、尾のない狐に似た犬が、後から来て、肩をかすめる。血に濡れた口髭が、ひやりと頰にさわったかと思うと、砂だらけな足の毛が、斜に眉の間を撫でた。斬ろうにも突こうにも、どれと相手を定める事が出来ない。前を見ても、後を見ても、ただ、青くかがやいている眼と、絶えず喘《あえ》いでいる口とがあるばかり、しかもその眼とその口が、数限りもなく、路を埋めて、ひしひしと足下に迫って来る。——次郎は、太刀を輪《ま》わしながら、急に、猪熊の婆の話を思い出した。「どうせ死ぬのなら一思いに死んだ方がいい。」彼は、そう心に叫んで、潔く眼をつぶったが、喉を噛もうとする犬の息が、暖く顔へかかると、思わずまた、眼を開いて、横なぐりに太刀をふるった。何度それを繰返したか、わからない。しかし、その中に、腕の力が、次第に衰えて来たのであろう、打つ太刀が、一太刀ごとに重くなった。今では踏む足さえ危くなった。そこへ、斬った犬の数よりも、遥《はるか》に多い野犬の群が、あるいは芒原の向うから、あるいは築土の壊れをぬけて、続々として、つどって来る。——

次郎は、絶望の眼をあげて、天上の小さな月を一瞥《いちべつ》しながら、太刀を両手にかまえたまま、兄の事や沙金の事を、一度に石火の如く、思い浮べた。兄を殺そうとした自分が、かえって犬に食われて死ぬ。これより至極な天罰はない。——そう思うと、彼の眼には、自ら涙が浮んだ。が、犬はその間も、用捨はしない。さっきの狩犬の一頭が、ひらりと茶まだらな尾をふるったかと思うと、次郎は忽《たちまち》左の太腿に、鋭い牙の立ったのを感じた。

するとその時である。月にほのめいた両京*二十七坊の夜の底から、かまびすしい犬の声を圧して遥に戞々《かっかっ》たる馬蹄の音が、風のように空へあがり始めた。……

しかしその間も阿濃《あこぎ》だけは、安らかな微笑を浮べながら、羅生門の楼上に佇んで、遠くの月の出を眺めている。東山の上が、うす明く青んだ中に、旱《ひでり》に痩せた月は、徐《おもむろ》にさみしく、中天《なかぞら》に上って行く。それにつれて、加茂川にかかっている橋が、その白々とした水光りの上に、何時か暗く浮上って来た。

独り加茂川ばかりではない。さっきまでは、眼の下に黒く死人のにおいを蔵していた京の町も、僅《わずか》の間に、つめたい光の鍍金《めっき》をかけられて、今では、*越《こし》の国の人が見るという蜃気楼《かいやぐら》のように、塔の九輪や伽藍の屋根を、おぼつかなく光らせながら、ほのかな明るみと影との中に、あらゆる物象を、ぼんやりとつつんでいる。町をめぐる山々も、日中のほとぼりを返しているのであろう、自《おの》ら頂《ずか》を朧《おぼろ》げな月明りにぼかしながら、どの峰も、じっと物を思ってでもいるように、うすい靄《もや》の上から、静に荒廃した町を見下している――と、その中で、かすかに凌霄花《のうぜんかずら》のにおいがした。門の左右を埋める藪の所々から、簇々《そうそう》と蔓《つる》をのばしたその花が、今では古びた門の柱にまといついて、ずり落ちそうになった瓦の上や、蜘蛛《くも》の巣をかけた楹《たるき》の間へ、はい上ったのがあるからであろう。

……

窓によりかかった阿濃は、鼻の穴を大きくして、思入れ凌霄花のにおいを吸いながら、なつかしい次郎の事を、そうして、早く日の目を見ようとして、動いている胎児の事を、それからそれへと、とめどなく思いつづけた。――彼女は双親を覚えていない。生れた所の容子さえ、もう完《まった》く忘れている。何でも幼い時に一度、この羅生門のような、大きな丹塗の門の下を、誰かに抱くか、負われかして、通ったという記憶がある。が、これも勿論、どの位ほんとうだか、確《たしか》な事はわからない。ただ、どうにかこうにか、覚えているのは、物心がついてから後の事ばかりである。そうして、それがまた、覚えていない方がよかったと思うような事ばかりである。ある時は、町の子供にいじめられて、五条の橋の上から河原へ、さかさまにつき落とされた。ある時は、饑《うえ》にせまってした盗みの咎《とが》で、裸のまま、地蔵堂の梁《うつばり》へつり上げられた。それがふと沙金に助けられて、自然とこの盗人の群にはいったが、それでも苦しい目にあう事は、以前と少しも変りがない。白痴に近い天性を持って生まれた彼女にも、苦しみを、苦しみとして感じる心はある。阿濃は、猪熊の婆の気に逆《さか》っては、よくむごたらしく打擲《ちようちやく》された。猪熊の爺《おじ》には、酔った勢で、よく無理難題をいいかけられた。ふだんは何かと劬《いたわ》ってくれる沙金でさえ、癇《かん》に障《さわ》ると、彼女の髪の毛をつかんで、ずるずる引きずりまわす事がある。まして、外の盗人たちは、打つにも叩くにも、用捨はない。阿濃は、その度に何時もこの羅生門の上へ逃げて来ては、独りでしくしく泣いていた。もし次郎が来なかったら、そうして時々、やさしい語《ことば》をかけてくれなかったら、恐らくとうにこの門の下へ身を投げて、死んでしまっていた事であろう。

煤《すす》のようなものが、ひらひらと月にひるがえって、甍《いらか》の下から、窓の外をうす青い空へ上がった。いうまでもなく蝙蝠《こうもり》である。阿濃は、その空へ眼をやって、疎《まば》らな星に、うっとりと眺め入った。――するとまた一しきり、腹の児《こ》が、身動きをする。彼女は急に耳をすますようにして、その身動きに気をつけた。彼女の心が、人間の苦しみをのがれようとして、もがくように、腹の児はまた、人間の苦しみを嘗《な》めに来ようとして、もがいている。が、阿濃は、そんな事は考えない。ただ、母になるという喜びだけが、そうして、また、自分も母になれるという喜びだけが、この凌霄花のにおいのように、さっきから彼女の心を一ぱいにしているからである。

その中に、彼女はふと、胎児が動くのは、眠れないからではないかと思い出した。事によると、眠られない余りに、小さな手や足を動かして、泣いてでもいるのかも知れない。「坊やはいい児だね。おとなしく、ねんねしてお出で、今にじき夜が明けるよ。」――彼女は、こう胎児に囁《ささや》いた。が、腹の中の身動きは、止《や》みそうで、容易に止まない。その中に痛みさえ、どうやら少しずつ加わって来る。阿濃は、窓を離れて、その下に蹲《うずくま》りながら、結び燈台のうす暗い灯にそむいて、腹の中の児を慰めようと、細い声で唄をうたった。

君をおきて*
あだし心を
われ持たばや
なよや、末の松山
波も越えなむや
波も越えなむ

うろ覚えに覚えた唄の声は、灯《ひ》のゆれるのに従って、ふるえふるえ、しんとした楼の中に断続した。唄は、次郎が好んでうたう唄である。酔うと、彼は必《かならず》、扇で拍子をとりながら、眼をねむって、何度もこの唄をうたう。沙金はよく、その節廻しが可笑《おか》しいといって、手を打って笑った。――その唄を、腹の中の児が、喜ばないというはずはない。

しかし、その児が、実際次郎の胤《たね》かどうか、それは、誰も知っているものがない。阿濃自身も、この事だけは、完《まった》く口をつぐんでいる。たとえ盗人たちが、意地悪く児の親を問いつめても、彼女は両手を胸に組んだまま、恥しそうに眼を伏せて、いよいよ執拗《しゅうね》く黙ってしまう。そういう時は、必垢《かならずあか》じみた彼女の顔に女らしい血の色がさして、何時《いつ》か睫毛《まつげ》にも、涙がたまって来る。盗人たちは、それを見ると、益々何かと囃《はや》し立てて、腹の児の親さえ知らない、阿呆な彼女を嘲笑《あざわら》った。が、阿濃は胎児が次郎の子だという事を、緊く心の中で信じている。そうして、自分の恋している次郎の子が、自分の腹にやどるのは、当然な事だと信じている。この楼の上で、独りさびしく寝るごとに、必《かならず》夢に見るあの次郎が、親でなかったとしたならば、誰がこの児の親であろう。――阿濃は、この時、唄をうたいながら、遠い所を見るような眼をして、蚊に刺されるのも知らずに、現《うつつ》ながらの夢を見た。人間の苦しみを忘れた、しかもまた人間の苦しみに色づけられた、うつくしく、傷《いたま》しい夢である。（涙を知らないものの見る事が出来る夢ではない。）そこでは、一切の悪が、眼底を払って、消えてしまう。が、人間の悲しみだけは、――空をみたしている月の光のように、大きな人間の悲しみだけは、やはりさびしく厳《おごそか》に残っている。……

なよや、末の松山

浪も越えなむや

浪も越えなむ

唄の声は、ともし火の光のように、次第に細りながら消えて行った。そうして、それとともに、力のない呻吟《しんぎん》の声が、暗を誘う如く、かすかに洩れ始めた。阿濃は、唄の半《なか》ばで、突然下腹に、鋭い疼痛《とうつう》を感じ出したのである。

相手の用意に裏を掻かれた盗人の群は、裏門を襲った一隊も、防ぎ矢に射《い》しらまされたのを始めとして、中門を打って出た侍たちに、やはり手痛い逆撃《さかうち》を食わせられた。高《たか》が青侍の腕だてと思い侮《あなど》っていた先手の何人かも、算を乱しながら、背《そびら》を見せる――中でも、臆病な猪熊の爺《おじ》は、誰よりも先に逃げかかったが、どうした拍子か、方角を誤って、太刀をぬきつれた侍たちのただ中へ、はいるともなく、はいってしまった。酒肥りのした体格といい、物々しく鉾を提《ひっさ》げた容子といい、一《ひと》かど手なみのすぐれたものと、

思われでもしたのであろう。侍たちは、彼を見ると、互に目くばせを交しながら、二人三人、鋒《きつさき》を揃えたまま、じりじり前後から、つめよせて来た。

「逸《はや》るまいぞ。わしはこの殿の家人《けにん》じゃ。」

猪熊の爺は、苦しまぎれに慌《あわただ》しくこう叫んだ。

「嘘をつけ。――おのれにたばかれるような阿呆と思うか。――往生際の悪い老爺《おやじ》じゃ。」

侍たちは、口々に罵《ののし》りながら、早くも太刀を打ちかけようとする。もうこうなっては、逃げようとしても逃げられない。猪熊の爺の顔は、とうとう死人のような色になった。

「何が嘘じゃ。何が嘘じゃよ。」

彼は、眼を大きくして、あたりを頻《しきり》に見廻しながら、逃げ場はないかと気をあせった。額には、つめたい汗が湧いて来る。手もふるえが止まらない。が、周囲は、何処を見ても、虐《むご》たらしい生死の争いが、盗人と侍との間に戦われているばかり、静な月の下ではあるが、烈しい太刀音と叫喚の声とが、一塊《ひとかたまり》になった敵味方の中から、ひっきりなしにあがって来る。――所詮《しよせん》逃げられないと覚った彼は、眼を相手の上に据えると、忽《たちまち》別人のように、兇悪な気色になって、上下の歯をむき出しながら、すばやく鉾をかまえて、威丈高《いたけだか》に罵《ののし》った。

「嘘をついたがどうしたのじゃ。阿呆。外道。畜生。さあ来い。」

こういう語《ことば》とともに、鉾の先からは、火花が飛んだ。中でも屈竟《くっきょう》な、赤痣《あかあざ》のある侍が一人、衆に先んじて傍《かたわら》から、無二無三に斬ってかかったのである。が、元より年をとった彼が、この侍の相手になる訳はない。まだ十合と刃を合せない中に、見る見る、鉾先がしどろになって、次第に後へ下って行く。それがやがて小路のまん中まで、斬り立てられて来たかと思うと、相手は、大きな声を出して、彼が持っていた鉾の柄を、見事に半ばから、切り折った。と、また一太刀、今度は、右の肩先から胸へかけて、袈裟がけに浴せかける。猪熊の爺は、尻居《しりい》に仆《たお》れて、とび出しそうに大きく眼を見ひらいたが、急に恐怖と苦痛とに堪えられなくなったのであろう、慌てて高這いに這いのきながら、声をふるわせて、わめき立てた。

「欺《だま》し討《うち》じゃ。欺し討を、食わせおった。助けてくれ。欺し討じゃ。」

赤痣の侍は、その後からまた、のび上って、血に染《そ》んだ太刀をふりかざした。その時もし、どこからか猿のようなものが、走って来て、帷子《かたびら》の裾を月にひるがえしながら、彼らの中へとびこまなかったとしたならば、猪熊の爺は、既に、あえない最期《さいご》を遂げていたのに相違ない。が、その猿のようなものは、彼と相手との間を押しへだてると、突嗟に小刀《さすが》を閃かして、相手の乳の下へ刺し通した。そうして、それとともに、相手の横に払った太刀をあびて、恐しい叫び声を出しながら、焼け火箸でも踏んだように、勢よくとび上ると、そのまま、向うの顔へしがみついて、二人一しょにどうと仆れた。

それから、二人の間には、殆《ほとんど》人間とは思われない、猛烈な攫《つか》み合いが、始まった。打つ。嚙む。髪をむしる。しばらくは、どちらがどちらともわからなかったが、やがて、猿のようなものが、上になると、再《ふたたび》小刀がきらりと光って、組みしかれた男の顔は、痣だけ元のように赤く残しながら、見ている中に、色が変った。すると、相手もそのまま、力が抜けたのか、侍の上へ折り重なって、仰向けにぐたりとなる――その時、始めて月の光にぬれながら、息も絶え絶えに喘《あえ》いでいる、皺だらけの、蟇《ひき》に似た、猪熊の婆の顔が見えた。

老婆は、肩で息をしながら、侍の屍体の上に横たわって、まだ相手の髻《もとどり》をとらえた、左の手もゆるめずに、しばらくは苦しそうな呻吟の声をつづけていたが、やがて白い眼を、ぎょろりと一つ動かすと、干からびた唇を、二、三度無理に動かして、

「お爺さん。お爺さん。」と、かすかに、しかもなつかしそうに、自分の夫を呼びかけ

た。が、誰もこれに答えるものはない。猪熊の爺は、老女の救を得るとともに、打物も何も投げすてて、こけつまろびつ、血に辷《すべ》りながら、逸早《いちはや》くどこかへ逃げてしまった。その後にも勿論、何人かの盗人たちは、小路の其処此処《そこここ》に、得物を揮って、必死の戦をつづけている。が、それらは皆、この垂死の老婆にとって、相手の侍と同じような、行路《こうろ》の人《ひと》に過ぎないのであろう。——猪熊の婆は、次第に細って行く声で、何度となく、夫の名を呼んだ。そうして、その度に、答えられないさびしさを、負うている創《きず》の痛みよりも、より鋭く味わされた。しかも、刻々衰えて行く視力には、次第に周囲の光景が、ぼんやりと霞んで来る。ただ、自分の上にひろがっている大きな夜の空と、その中にかかっている小さな白い月と、それより外のものは、何一つはっきりとわからない。

「お爺さん。」

老婆は、血の交った唾を、口の中にためながら、囁《ささや》くようにこういうと、それなり恍《こう》惚《こつ》とした、失神の底に、——恐らくは、さめる時のない眠りの底に、昏々《こんこん》として沈んで行った。……

その時である。太郎は、そこを栗毛の裸馬に跨って、血にまみれた太刀を、口に啣《くわ》えながら、両の手に手綱をとって、嵐のように通りすぎた。馬はいうまでもなく、沙金が目をつけた、陸奥出の三才駒であろう。既に、盗人たちがちりぢりに、死人を残して引き揚げた小路は、月に照らされて、さながら霜を置いたようにうす白い。彼は、乱れた髪を微風に吹かせながら、馬上に頭をめぐらして、後に罵《ののし》り騒ぐ人々の群を、誇らかに眺めやった。

それも無理はない。彼は、味方の破れるのを見ると、よしや何物を得なくとも、この馬だけは奪おうと、緊く心に決したのである。そうして、その決心通り、葛巻《つづらまき》の太刀を揮《ふる》い揮い、手に立つ侍を斬払って、単身門の中に踏みこむと、苦もなく厩の戸を蹴破って、この馬の覇綱《はづな》を切るより早く、背に飛びのる間も惜しいように、遮《さえぎ》るものを蹄《ひづめ》にかけて、一散に宙を飛ばした。そのために受けた創《きず》も、元より数える暇《いとま》はない。水干の袖はちぎれ、烏帽子は空しく紐を止《とど》めて、寸々《ずたずた》に裂かれた袴も、腥《なまぐさ》い血潮に染まっている。が、それも、太刀と鉾との林の中から、一人に遇《あ》えば一人を斬り、二人に遇えば二人を斬って、出て来た時の事を思えば、嬉しくこそあれ、惜しくはない。——彼は、後を見返り見返り、晴々した微笑を、口角に漂わせながら、昂然として、馬を駆った。

彼の念頭には、沙金がある。と同時にまた、次郎もある。彼は、自ら欺く弱さを叱りながら、しかもなお沙金の心が再《ふたたび》彼に傾く日を、夢のように胸に描いた。自分でなかったなら、誰がこの馬をこの場合、奪う事が出来るだろう。向うには、人の和があった。しかも地の利さえ占めている。もし次郎だったとしたならば――彼の想像には、一瞬の間、侍たちの太刀の下に、斬り伏せられている弟の姿が、浮んだ。これは、勿論、彼にとって、少しも不快な想像ではない。いやむしろ彼の中にあるある物は、その事実である事を、祈りさえした。自分の手を下さずに、次郎を殺す事が出来るなら、それは独《ひと》り彼の良心を苦しめずにすむばかりではない。結果からいえば、沙金がそのために、自分を憎む惧《おそれ》もなくなってしまう。そう思いながらも、彼は、さすがに自分の卑怯を恥じた。そうして口に啣《くわ》えた太刀を、右手《めて》にとって、徐《おもむろ》に血をぬぐった。

そのぬぐった太刀を、丁《ちょう》と鞘におさめた時である。折から辻を曲った彼は、行く手の月の中に、二十といわず三十といわず、群る犬の数を尽して、びょうびょうと吠え立てる声を聞いた。しかも、その中にただ一人、太刀をかざした人の姿が、くずれかかった築土を背負《しょ》って、朧《おぼろ》げながら黒く見える。と思う間に、馬は、高く嘶《いな》きながら、長い鬣《たてがみ》をさっと振うと、四つの蹄に砂煙をまき上げて、瞬く暇に太郎をそこへ疾風のように持って行った。

「次郎か。」

太郎は、我を忘れて、叫びながら、険しく眉を顰《ひそ》めて、弟を見た。次郎も片手に太刀をかざしながら、項《うなじ》を反《そ》らせて、兄を見た。そうして刹那《せつな》に二人とも、相手の瞳の奥にひそんでいる、恐しいものを感じ合った。が、それは、文字通り刹那である。馬は、吠え吼《たけ》る犬の群に、脅されたせいであろう、首を空ざまにつとあげると、前足で大きな輪をかきながら、前よりも速に、空へ跳《おど》った。後には、ただ、濛々《もうもう》とした埃《ほこり》が、夜空に白く、一しきり柱になって、舞上る。次郎は、依然として、野犬の群の中に、創《きず》を蒙《こうむ》ったまま、立ちすくんだ。……

太郎は――一時に、色を失った太郎の顔には、もうさっきの微笑の影はない。彼の心の中では、何ものかが、「走れ、走れ」と囁《ささや》いている。ただ、一時、ただ、半時、走りさえすれば、それで万事が休してしまう。彼のする事を、何時かしなくてはならない事を、犬が代ってしてくれるのである。

「走れ、何故《なぜ》走らない？」囁きは、耳を離れない。そうだ。どうせ何時かしなくてはならない事である。遅いと早いとの相違が何であろう。もし弟と自分と位置を換えたにしても、やはり弟は自分のしようとする事をするに違いない。「走れ。羅生門は遠くはない。」太郎は、隻眼《かため》に熱を病んだような光を帯びて、半《なか》無意識《ば》に、馬の腹を蹴った。

馬は、尾と鬣《たてがみ》とを、長く風になびかせながら、蹄に火花を散らして、まっしぐらに狂奔する。一町二町月明りの小路は、太郎の足の下で、急湍《きゅうたん》のように後へ流れた。

すると忽《たちま》ちまた、彼の唇を衝《つ》いて、なつかしい語《ことば》が、溢れて来た。「弟」である。肉身の、忘れる事の出来ない「弟」である。太郎は、緊く手綱を握ったまま、血相を変えて歯噛《はが》みをした。この語の前には、一切の分別が眼底を払って、消えてしまう。弟か沙金かの、選択を強いられた訳ではない。直下《じきげ》にこの語が電光の如く彼の心を打ったのである。彼は空も見なかった。路も見なかった。月はなおさら眼にはいらなかった。ただ見たのは、限りない夜である。夜に似た愛憎の深みである。太郎は、狂気の如く、弟の名を口外に投げると、身をのけざまに翻《ひるがえ》して、片手の手綱を、ぐいと引いた。見る見る、馬の頭が、向きを変える。と、また雪のような泡が、栗毛の口に溢れて、蹄は、砕けよとばかり、大地を打った。——一瞬の後、太郎は、惨として暗くなった顔に、隻眼《かため》を火の如くかがやかせながら、再《ふたたび》、元来た方へまっしぐらに汗馬《かんば》を跳らせていたのである。

「次郎。」

近づくままに、彼はこう叫んだ。心の中に吹き荒《すさ》ぶ感情の嵐が、この語を機会として、一時に外へ溢れたのであろう。その声は、白燃鉄を打つような響を帯びて、鋭く次郎の耳を貫いた。

次郎は、屹《きつ》と馬上の兄を見た。それは日頃見る兄ではない。いや、今し方馬を飛ばせて、一散に走り去った兄とさえ、変っている。険しくせまった眉に、緊く、下唇を嚙んだ歯に、そうしてまた、怪しく熱している隻眼に、次郎は、殆ど憎悪に近い愛が、——今まで知らなかった、不思議な愛が燃え立っているのを見たのである。

「早く乗れ。次郎。」

太郎は、群る犬の中に、隕石《いんせき》のような勢で、馬を乗り入れると、小路を斜に輪乗りをしながら、叱咤するような声で、こういった。元より躊躇《ちゅうちょ》に、時を移すべき場合ではない。次郎は、矢庭《やにわ》に持っていた太刀を、出来るだけ遠くへ抛《ほう》り投げると、その後を追って、頭をめぐらす野犬の隙を窺って、身軽く馬の平首へおどりついた。太郎もまたその刹那に猿臂《えんぴ》をのばし、弟の襟上をつかみながら、必死になって引ずり上げる。——馬の頭が、鬣《たてがみ》に月の光を払って、三度《たび》向きを変えた時、次郎は既に馬背にあって、ひしと兄の胸を抱いていた。

と、忽《たちま》ち一頭、血みどろの口をした黒犬が、すさまじく唸りながら、砂を捲いて鞍壺へ飛びあがった。尖った牙が、危く次郎の膝へかかる。その途端に、太郎は、足をあげて、したたか栗毛の腹を蹴った。馬は、一声嘶《いなな》きながら、早くも尾を宙に振う。――その尾の先をかすめながら、犬は、空しく次郎の脛布《はばき》を食いちぎって、うずまく獣の波の中へ、まっさかさまに落ちて行った。

が、次郎は、それをうつくしい夢のように、うっとりした眼でながめていた。彼の眼には、天も見えなければ、地も見えない。ただ、彼を抱いている兄の顔が、――半面に月の光をあびて、じっと行く手を見つめている兄の顔が、やさしく、厳《おごそか》に映っている。彼は、限りない安息が、徐《おもむろ》に心を満して来るのを感じた。母の膝を離れてから、何年にも感じた事のない、静な、しかも力強い安息である。――

「兄さん。」

馬上にある事も忘れたように、次郎はその時、しかと兄を抱くと、うれしそうに微笑しながら、頰を紺の水干の胸にあてて、はらはらと涙を落したのである。

半時の後、人通りのない朱雀の大路を、二人は静に馬を進めて行った。兄も黙っていれば、弟も口をきかない。しんとした夜は、ただ馬蹄の響に谺《こだま》をかえして、二人の上の空には涼しい天の河がかかっている。

八

羅生門の夜は、まだ明けない。下から見ると、つめたく露を置いた甍《いらか》や、丹塗《にぬ》りの剝げた欄干《らんかん》に、傾きかかった月の光が、いざよいながら、残っている。が、その門の下は、斜につき出した高い檐《のき》に、月も風も遮《さえぎ》られて、むし暑い暗がりが、絶え間なく藪蚊に刺されながら、酸《す》えたようによどんでいる。藤判官の屋敷から、引き揚げて来た偸盗《ちゅうとう》の一群は、その暗の中にかすかな松明《たいまつ》の火をめぐりながら、三々五々、あるいは立ちあるいは臥し、あるいは円柱《まるばしら》の根がたに蹲《うずくま》って、さっきから、それぞれ怪我《けが》の手当に忙しい。

中でも、一番重手《おもで》を負ったのは、猪熊の爺である。彼は、沙金の古い袿《うちぎ》を敷いた上に、仰向けに横《よこた》わって、半ば眼をつぶりながら、時々ものに悸《おび》えるように、しわがれた声で、うめいている。一時の間、此処《ここ》にこうしているのか、それとも一年も前から同じように寝ているのか、彼の困憊《こんぱい》した心には、それさえ時々はわからない。眼の前には、さまざまな幻が、瀕死の彼を嘲るように、ひっきりなく徂来すると、その幻と、現在門の下で起っている出来事とが、彼にとっては、何時か全く同一な世界になってしまう。彼は、時と処とを別たない、昏迷の底に、その醜い一生を、正確に、しかも理性を超越したある順序で、まざまざと再《ふたたび》、生活した。

「やい、お婆、お婆はどうした。お婆。」

彼は、暗《やみ》から生まれて、暗へ消てゆく恐しい幻に脅されて、身を悶えながら、こう呻《うな》った。すると、側から額の創《きず》を汗衫《かざみ》の袖で包んだ、交野《かたの》の平六が顔を出して、

「お婆か。お婆はもう十万億土へ行ってしもうた。大方蓮《はちす》の上でな、おぬしの来るのを、待ち焦がれている事じゃろう。」

いいすてて、自分の冗談を、自分でからからと笑いながら、向うの隅に、真木島の十郎の腿の怪我の手当をしている、沙金の方をふり返って、声をかけた。

「お頭、お爺はちとむずかしいようじゃ。苦しめるだけ、殺生じゃて。わしが止《とど》めを刺してやろうかと思うがな。」

沙金は、あでやかな声で、笑った。

「冗談じゃないよ。どうせ死ぬものなら、自然に死なしておやりな。」

「なるほどな、それもそうじゃ。」

猪熊の爺は、この問答を聞くと、ある予期と恐怖とに襲われて、体中が一時に凍るような心もちがした。そうして、また大きな声で呻った。平六と同じような理由で、敵に

は臆病な彼も、今までに何度、致死期《ちしご》の仲間の者をその鉾の先で、止めを刺したかわからない。それも多くは、人を殺すという、ただそれだけの興味から、あるいは自分の勇気を人にも自分にも示そうとする、ただそれだけの目的から、進んでこの無残な所業《しわざ》を敢てした。それが今は——

と、誰か、彼の苦しみも知らないように、灯《ひ》の陰で一人、鼻唄をうたう者がある。

いたち笛ふき*
猿かなづ
いなごまろは拍子うつ
きりぎりす

びしゃりと、蚊をたたく音が、それに次いで聞える。中には「ほう、やれ」と拍子をとったものもあった。二、三人が、肩を揺ったけはいで、息のつまったような笑い声を立てる。——猪熊の爺は、総身をわなわなふるわせながら、まだ生きているという事実を確めたいために、重い瞼《まぶた》を開いて、じっとともし火の光を見た。灯《ともし》は、その焔のまわりに無数の輪をかけながら、執拗《しゅうね》い夜に攻められて、心細い光を放っている。と、小さな黄金虫が一匹ぶうんと音を立てて、飛んで来て、その光の輪にはいったかと思うと忽ち羽根を焼かれて、下へ落ちた。青臭いにおいが、一しきり鼻を打つ。

あの虫のように、自分もほどなく死ななければならない。死ねば、どうせ蛆《うじ》と蝿とに、血も肉も食いつくされる体である。ああこの自分が死ぬ。それを、仲間のものは、唄をうたったり笑ったりしながら、何事もないように騒いでいる。そう思うと、猪熊の爺は、名状し難い怒と苦痛とに、骨髄を噛まれるような心もちがした。そうして、それとともに、何だか轆轤《ろくろ》のようにとめどなく廻っている物が、火花を飛ばしながら眼の前へ下りて来るような心もちがした。

「畜生。人でなし。太郎。やい。極道。」

まわらない舌の先から、自《おのずか》らこういう語が、とぎれとぎれに落ちて来る。――真木島の十郎は、腿の創《きず》が痛まないように、そっとねがえりをうちながら、喉の渇いたような声で、沙金に囁《ささや》いた。

「太郎さんは、よくよく憎まれたものさな。」

沙金は、眉を顰《ひそ》めながら、ちょいと猪熊の爺の方を見て、頷いた。すると鼻唄をうたったのと同じ声で、

「太郎さんはどうした。」と訊ねたものがある。

「まず助かるまいな。」

「死んだのを見たというたのは、誰じゃ。」

「わしは、五、六人を相手に斬り合うているのを見た。」

「やれやれ、頓生菩提《とんしょうぼだい》。頓生菩提。」

「次郎さんも、見えないぞ。」

「これも事によると、同じくじゃ。」

太郎も死んだ。お婆も、もう生きてはいない。自分も、すぐに死ぬであろう。死ぬ。死ぬとは、何だ。何にしても、自分は死にたくない。が、死ぬ。虫のように、何の造作もなく死んでしまう。――こんな取りとめのない考えが、暗の中に鳴いている藪蚊のように、四方八方から、意地悪く心を刺して来る。猪熊の爺は、形のない、気味の悪い「死」が、辛抱づよく、丹塗りの柱の向うに、じっと自分の息を窺《うかが》っているのを感じた。残酷に、しかもまた落着いて、自分の苦痛を眺めているのを感じた。そうして、それが少しずつ、いざりながら、消えてゆく月の光のように、次第に枕下《まくらもと》へすりよって来るのを感じた。何にしても、自分は死にたくない。――

*夜《よ》は誰とか寝《いね》む

常陸の介と寝む
寝たる肌もよし
男山の峰のもみぢ葉
さぞ名はたつや

また、鼻唄の声が、油しめ木の音のような呻吟《しんぎん》の声と一つになった。と誰か、猪熊の爺の枕もとで、唾をはきながら、こういったものがある。

「阿濃の阿呆が見えぬの。」

「なるほど、そうじゃ。」

「大方、この上に寝ておろう。」

「や、上で猫が啼くぞ。」

皆、一時にひっそりとなった。その中を、絶え絶えにつづく猪熊の爺の呻り声と一つになって、かすかに猫の声が聞えて来る。と流れ風が、始めてなま温く、柱の間を吹いて、うす甘い凌霄花《のうぜんかずら》のにおいが、何処からかそっと一同の鼻を襲った。

「猫も化けるそうな。」

「阿濃の相手には、猫の化けた、老ぼれが相当じゃよ。」

するると、沙金が、衣ずれの音をさせて、たしなめるように、こういった。

「猫じゃないよ。ちょっと誰か行って、見て来ておくれ。」

声に応じて、交野の平六が、太刀の鞘を、柱にぶっつけながら、立上った。楼上に通う梯子は、二十いくつの段をきざんで、その柱の向うにかかっている。——一同は、理由のない不安に襲われて、しばらくは誰も口をとざしてしまった。その間をただ、凌霄花のにおいのする風が、またしてもかすかに、通りぬけると、忽《たちま》ち楼上で平六の、何か、わめく声がした。そうして、ほどなく急いで梯子を下りて来る足音が、慌しく、重苦い暗《やみ》をかき乱した。——ただ事ではない。

「どうじゃ。阿濃めが、子を産みおったわ。」

平六は、梯子を下りると、古被衣《かずき》にくるんだ、円々《まるまる》したものを、勢よくともし火の下へ出して見せた。女の臭のする、うすよごれた布の中には、生まれたばかりの赤ん坊が、人間というよりは、むしろ皮を剝《む》いた蛙のように、大きな頭を重そうに動かしながら、醜い顔をしかめて、泣き立てている。うすい産毛といい、細い手の指といい、何一つ、嫌悪と好奇心とを、同時に唆《そそ》らないものはない。——平六は、左右を見まわしながら、抱いている赤子を、ふり動かして、得意らしく、しゃべり立てた。

「上へ上って見ると、阿濃め、窓の下へつっ伏したなり、死んだようになって、呻《うな》っていると、阿呆とはいえ、女の部じゃ。癪《しゃく》かと思うて、側へ行くと、いや驚くまい事か。魚の腸《はらわた》をぶちまけたようなものが、うす暗い中で、啼《な》いているわ。手をやると、それがぴくりと動いた。毛のない所を見れば、猫でもあるまい。じゃてひっつかんで、月明りにかざして見ると、この通り生まれたばかりの赤子じゃ。見い。蚊に食われたと見えて、胸も腹も赤斑《あかまだ》らになっているわ。阿濃も、これからはおふくろじゃよ。」

松明《たいまつ》の火を前に立った、平六のまわりを囲んで、十五、六人の盗人は、立つものは立ち、臥《ふ》すものは臥して、いずれも皆、首をのばしながら、別人のように、やさしい微笑を含んで、この命が宿ったばかりの、赤い、醜い肉塊を見守った。赤ん坊は、しばらくも、じっとしていない。手を動かす。足を動かす。しまいには、頭を後へそらせて、一しきりまた、けたたましく泣き立てた。と、歯のない口の中が見える。

「やあ舌がある。」

前に鼻唄をうたった男が、頓狂な声で、こういった。それにつれて、一同が、創《きず》も忘れたように、どっと笑う。——その笑い声の後を追いかけるように、この時、突然、猪熊の爺が、どこにそれだけの力が残っていたかと思うような声で、険しく一同の後から、声をかけた。

「その子を見せてくれ。よ。その子を。見せないか。やい、極道。」

平六は、足で彼の頭をこづいた。そうして、嚇《おど》すような調子で、こういった。

「見たければ、見ろさ。極道とは、おぬしの事じゃ。」

猪熊の爺は、濁った眼を大きく見開いて、平六が身をかがめながら、無造作につきつけた赤ん坊を、食いつきそうな容子をして、じっと見た。見ている中に、顔の色が、次第に蠟《ろう》の如く青ざめて、皺だらけの眦《まなじり》に、涙が玉になりながら、たまって来る。と思うと、ふるえる唇のほとりには、不思議な微笑の波が漂って、今までにない無邪気な表情が、何時か顔中の筋肉を柔げた。しかも、饒舌《じょうぜつ》な彼が、そうなったまま、口をきかない。一同は、「死」が遂に、この老人を捕えたのを知った。しかし彼の微笑の意味は誰も知っているものがない。

猪熊の爺は、寝たまま、徐《おもむろ》に手をのべて、そっと赤ん坊の指に触れた。と、赤ん坊は、針にでも刺されたように、忽《たちま》ちいたいたしい泣き声を上げる。平六は、彼を叱ろうとして、そうしてまた、やめた。老人の顔が――血の気を失った、この酒肥りの老人の顔が、その時ばかりは、平生とちがった、犯し難い厳《いかめし》さに、かがやいているような気がしたからである。その前には、沙金でさえ、あたかも何物かを待ち受けるように、息を凝《こ》らしながら、養父の顔を、――そうしてまた情人《おとこ》の顔を、眼もはなさず見つめている。が、彼はまだ、口を開かない。ただ、彼の顔には、秘密な喜びが、折から吹き出した明け近い風のように、静に、心地よく、溢れて来る。彼は、この時、暗い夜の向うに、――人間の眼のとどかない、遠くの空に、さびしく、冷《ひや》やかに明けて行く、不滅な、黎明《れいめい》を見たのである。

「この子は――この子は、わしの子じゃ。」

彼は、はっきりこういって、それから、もう一度赤ん坊の指にふれると、その手が力なく、落ちそうになる。――それを、沙金が、傍からそっと支えた。十余人の盗人たちは、この語を聞かないように、いずれも唾をのんで、身動きもしない。と、沙金が頭を上げて、赤子を抱いたまま、立っている交野の平六の顔を見て、頷《うなず》いた。

「痰がつまる音じゃ。」

平六は、誰にいうともなく、呟いた。――猪熊の爺は、暗に悸えて啼く赤子の声の中に、かすかな苦悶をつづけながら、消えかかる松明の火のように、静に息をひきとったのである。……

「爺も、とうとう死んだの。」

「さればさ。阿濃を手ごめにした主《ぬし》も、これで知れたというものじゃ。」

「屍骸《しがい》は、あの藪中へ埋めずばなるまい。」

「鴉《からす》の餌食《えじき》にするのも、気の毒じゃな。」

盗人たちは、口々にこんな事を、うす寒そうに、話し合った。と、遠くで、かすかに、鶏の声がする。何時か夜の明けるのも、近づいたらしい。

「阿濃は？」と沙金がいった。

「わしが、あり合せの衣《きぬ》をかけて、寝かせて来た。あの体じゃて、大事はあるまい。」

平六の答も、日頃に似ずものやさしい。

その中に、盗人が二人三人、猪熊の爺の屍骸を、門の外へ運び出した。外も、まだ暗い。有明の月のうすい光に、蕭条《しょうじょう》とした藪が、かすかに梢をそよめかせて、凌霄花《のうぜんかずら》のにおいが、いよいよ濃く、甘く漂っている。時々かすかな音のするのは、竹の葉を辷《すべ》る露であろう。

「生死事大《しょうじじだい》。」

「無常迅速。」

「生き顔より、死顔の方がよいようじゃな。」

「どうやら、前よりも真人間《まにんげん》らしい顔になった。」

猪熊の爺の屍骸は、斑々たる血痕に染まりながら、こういう語の中に、竹と凌霄花との茂みを、次第に奥深く舁《か》かれて行った。

九

翌日、猪熊のある家で、虐《むご》たらしく殺された女の屍骸が発見された。年の若い、肥った、うつくしい女で、創《きず》の容子では、よほどはげしく抵抗したものらしい。証拠ともなるべきものは、その屍骸が口にくわえていた、朽葉色の水干の袖ばかりである。

また、不思議な事には、その家の婢女《みずし》をしていた阿濃という女は、同じ所にいながら、薄手一つ負わなかった。この女が、検非違使庁《けびいしちょう》で、調べられた所によると、大体こんな事があったらしい。大体というのは、阿濃が天性白痴に近い所から、それ以上要領を得る事が、むずかしかったからである。――

その夜、阿濃は、夜更けて、ふと眼をさますと、太郎次郎という兄弟のものと、沙金とが、何か声高かに争っている。どうしたのかと思っている中に、次郎が、いきなり太刀をぬいて、沙金を斬った。沙金は助けを呼びながら、逃げようとすると、今度は太郎が、刃を加えたらしい。それからしばらくは、ただ、二人の罵《ののし》る声と、沙金の苦しむ声とがつづいたが、やがて女の息がとまると、兄弟は、急に抱きあって、長い間黙って、泣いていた。阿濃は、これを遣り戸の隙間から、覗いていたが、主人を救わなかったのは、完《まった》く抱いて寝ている子供に、怪我をさすまいと思ったからである。――

「その上、その次郎さんと申しますのが、この子の親なのでございます。」

阿濃は、急に顔を赤らめて、こういった。

「それから、太郎さんと次郎さんとは、私の所へ来て、たっしゃでいろよと申しました。この子を見せましたら、次郎さんは、笑いながら、頭を撫《な》でてくれましたが、それでもまだ眼には涙が一ぱいたまっておりましたっけ。私はもっとそうしていたかったのでございますが、二人とも、大へんに急いで、すぐに外へ出ますと、大方枇杷《おおかた》の木につないでおいたのでございましょう、馬へとびのって、どこかへ行ってしまいました。馬は二匹ではございません。私が、この子を抱いて、窓から見ておりますと、一匹に二人で乗って行くのが、月がございましたから、よく見えました。その後で、私は、主人の屍骸はそのままにして、そっとまた床へはいりました。主人がよく人を殺すのを見ましたから、その屍骸も私には、怖くも何ともなかったのでございます。」

検非違使には、やっとこれだけの事がわかった。そうして、阿濃は、罪のないのが明かになったので、早速自由の身にされた。

それから、十年余り後、尼になって、子供を養育していた阿濃は、丹後守何某《なにがし》の随身《ずいしん》に、驍勇《きょうゆう》の名の高い男の通るのを見て、あれが太郎だと人に教えた事がある。なるほどその男も、うす痘痕《いも》で、しかも隻眼つぶれていた。

「次郎さんなら、私すぐにも駆けて行って、逢うのだけれど、あの人は恐《こわ》いから……」

阿濃は、娘のようなしなをして、こういった。が、それがほんとうに太郎かどうか、それは誰にも、わからない。ただ、その男にも弟があって、やはり同じ主人に仕えるという事だけ、その後かすかに風聞された。（六・四・二十）

注

羅生門

『今昔物語』巻二九第一八「羅城門の上層に登りて死人を見たる盗人の語」から取材。

六 **羅生門**　羅城門。朱雀大路南端にある巨大な門。平安京の正門。

六 **市女笠**　中央部が高く突き出た菅または竹の皮で編んだ笠。

〔市女笠〕

六 **揉烏帽子**　揉んで柔らかく作った烏帽子。

六 **辻風**　旋風。つむじ風。

六 **旧記によると**　「旧記」は古い記録。『方丈記』に以下の文章がある。

あやしき事は、薪の中に、赤き丹つき、薄など所々に見ゆる木、あひまじはりけるを尋ぬれば、すべきかたなきもの、古寺にいたりて仏をぬすみ、堂の物の具を破り取りて、割り砕けるなりけり。濁悪世にしも生れあひて、か丶るうきわざをなん見侍りし。

七 **襖**　狩襖。狩衣の異称。

八 **Sentimentalisme**　フランス語。センチメンタリズム。

八 **申の刻下りから**　申の刻を過ぎた頃から。今の午後四時頃。

九 **汗衫**　汗取りの単の衣。

九 **聖柄**　木地のままの柄。

一一 **檜皮色**　黒褐色。

一一 **頭身の毛も太る**　髪の毛が硬直する。恐怖の定型的表現で、『今昔物語』巻二四第二、巻二六第八、巻二七第一三などに出てくる。

一三 **検非違使**　現在の警察と裁判官を兼ねた強大な権限を持つ役職。「検非違使の庁」はその役所。

一四 **太刀帯**　たちはき。東宮の護衛にあたった武官。「太刀帯の陣」はその詰め所。この部分は、『今昔物語』巻三一第三一「大刀帯の陣に魚を売りし嫗の語」から取材している。

一六 **黒洞々**　洞穴のように奥深く真っ暗な様。

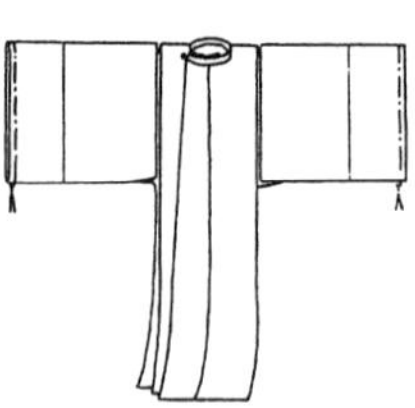

〔狩　衣〕

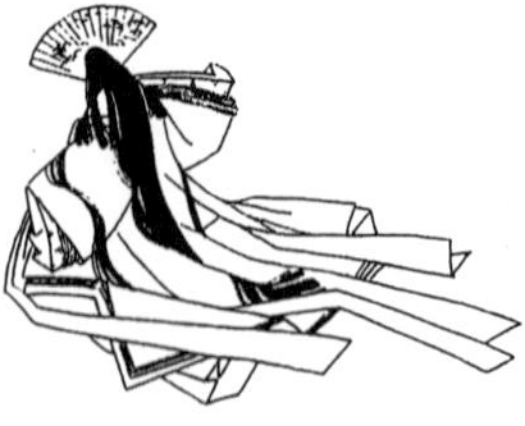

〔汗　衫〕

鼻

『今昔物語』巻二八第二〇「池の尾の禅珍内供の鼻の語」および『宇治拾遺物語』二五「鼻長き僧の事」に取材。

二〇　**内供**　内供奉。宮中の内道場に奉仕し御斎会の読師などを勤めた。
二〇　**池の尾**　現在の宇治市池尾。
二〇　**沙弥**　少年僧。出家して未だ正式の僧になっていない者。
二〇　**鋺**　金属製の椀。
二一　**中童子**　寺で召し使う一二、三歳の少年。
三　**僧供講説**　「僧供」は僧に対する供物。「講説」は経典などについて講義すること。
三　**椎鈍の**　墨色の。
三　**内典外典**　「内典」は仏教の典籍、「外典」は仏教の経典以外の書籍。
三　**目連や舎利弗**　ともに釈迦の十大弟子の一。
三　**竜樹**　古代インドの僧。馬鳴は古代インドの仏教詩人。
三　**震旦**　中国。
三　**劉玄徳**　劉備(一六一―二二三)。呉・魏と天下を三分して争った三国の蜀漢の初代皇帝。
三　**長楽寺**　京都市東山区円山町にある。

二四　**提**　柄がなく弦のある、酒を注ぐ器。

二四　**折敷**　四方に折りまわした縁をつけた、薄い板の盆。

二九　**慳貪**　邪慳で欲深いこと。

芋粥

『今昔物語』巻二六第一七「利仁将軍の若き時、京より敦賀に五位を将て行きたる語」および『宇治拾遺物語』一八「利仁芋粥の事」に取材。

三四　**元慶・仁和**　ともに平安前期の年号。「元慶」の読みは、通常「がんぎょう」または「がんきょう」。

三四　**藤原基経**　八三六—八九一。陽成天皇の摂政を務めた平安前期の貴族。

三四　**五位**　律令制の位階の第五番目。平安時代清涼殿の殿上の間にのぼることを許された資格の最下位。

三五　**水干**　狩衣の一種。菊綴じ(縫い合わせ目につけた飾り)を胸に一カ所、背面・左右の袖に四カ所、いずれも二つずつ付け、また丸組の緒を前面えりと背面えりとに付け、裾を

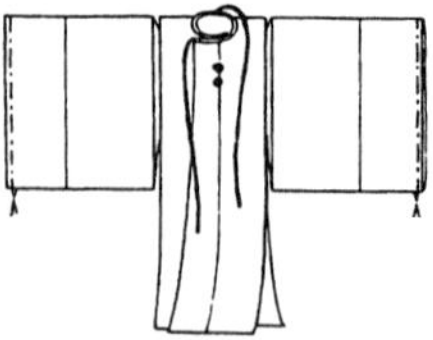

〔水　干〕

〔菊綴じ〕

袴に着込める。

三五 **侍所**　親王・公家家などにあった事務や警護のための侍の詰め所。「司」はその長。

三五 **別当**　長官。

三六 **興言利口**　即興の巧みな言葉。

三六 **品隲**　品定め。

三六 **篠枝**　小筒。竹筒。酒を入れて携帯する竹筒。

三八 **青鈍の**　青みがかった鈍色(濃い鼠色)の。

三八 **指貫**　袴。裾を紐を通してくくる。

三九 **三条坊門**　二条と三条の間を東西に走る小路。今の御池通。

三九 **神泉苑**　大内裏の南東に作られた禁苑。

三九 **こまつぶり**　独楽。

四〇 **万乗の君**　天皇。

四一 **伏菟**　油で揚げた餅。

四一 **氷魚**　鮎の稚魚。

四一 **楚割**　すわやり。魚肉を細長く割いて乾かしたもの。

四一 **鮭の内子**　子籠り鮭。塩鮭の腹にその卵を塩漬けにして入れたもの。

四二 **恪勤**　恪勤者。親王・大臣家に使われた侍。

〔指　貫〕

四四　**行縢**　毛皮で作った腰から脚にかけてのおおい。
四五　**粟田口**　今の京都市東山区にある地名。山科・大津へ通じる道筋になる。
四五　**縹の**　藍色の。
五一　**巳時**　今の午前一〇時頃。
五一　**高島**　滋賀県西北部。琵琶湖西岸。
五三　**なぞえ**　斜め。
五四　**破籠**　ヒノキの薄い白木で作った弁当箱。またはそこに入れた食べ物。
五四　**戌時**　今の午後八時頃。
五六　**雀色時**　夕暮。
五七　**卯時**　今の午前六時頃。

偸盗

『今昔物語』巻二九第三「人に知られぬ女盗人の語」に取材。

六六　**朱雀綾小路**　今の京都市、千本通と綾小路の交差する所。
六八　**亥の上刻**　およそ今の午後九時から四〇分頃。
七一　**未**　未の刻。今の午後二時頃。
七四　**朽葉色**　赤みを帯びた黄色。

七四　**つくも髪**　九十九髪。老人の白髪をいう。

八三　**綾藺笠**　イグサを編んで作り裏に絹をはった笠。

八四　**四条坊門**　今の京都市、蛸薬師通。

八五　**七半**　博奕の一種。一個の賽で勝負を争い、予定の目が出れば賭金の四倍得る。ちょぼいち。

九八　**樺桜の直垂**　「樺桜」は襲ねの色目の名。表が蘇芳、裏が赤花。または表が紫、裏が青。

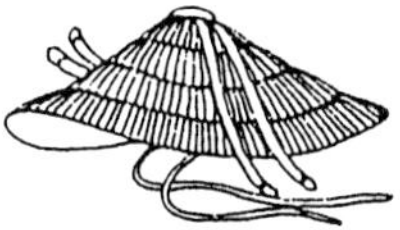

〔綾藺笠〕

九八　**梨打の烏帽子**　黒の紗や綾地に薄く漆を塗った揉み烏帽子。

一一五　**奈良坂**　今の奈良市の北部から京都府木津に出る坂道。

一一八　**皮子**　皮籠。皮で張った籠。行李。

一二〇　**脛巾藁沓**　脚絆とわらじ。

一二七　**たかうすべの矢**　たかうすべお(高薄部尾・鷹護田鳥尾)。「たかうすびょう」とも。矢羽の一。「うすべお」は尾白鷲の尾羽の薄黒い斑のあるものを用いる。特に上部の白色が少なく斑が高いものを「高うすべお」という。

一三四　**両京二十七坊**　平安京の街全体のこと。

一三五　**越の国**　北陸道の古称。

一三八　**君をおきて……**　『古今和歌集』巻第二〇に次の歌がある。

きみをおきてあだし心をわがもたば末の松山波も越えなむ

一五三　**いたち笛ふき……**　『梁塵秘抄』巻第二に次の歌謡がある。

茨小木の下にこそ、鼬が笛吹き猿舞で、掻い舞で、稲子麿賞で拍子付く、さて蟋蟀は、鉦鼓〳〵の好き上手

一五五　**夜は誰とか寝む……**　『枕草子』の「職の御曹司におはします頃」の段で、「なま老いたる女法師」が清少納言の前で歌う歌謡。

解　説

中村真一郎

芥川竜之介《あくたがわりゅうのすけ》には、いわゆる王朝物という、わが国平安朝に時代をとった作品群がある。

彼は文学的出発当初から、このジャンルを書きはじめ、生涯《しょうがい》にわたって続けた。およそ十五編が数えられる。それをほぼ制作年代順に並べて、二冊本としたのが、本文庫の「芥川竜之介王朝物全集」である。

この第一巻のほうは、したがって、作者の初期の王朝物である。

「羅生門《らしょうもん》」は大正四年(一九一五)一一月、『帝国文学』に発表となった。作者二十四歳の時で、まだ、いわゆる文壇にも出ず、したがって無名作家の時代である。作者は自信を持っていたようだったが、ほとんど評判とならなかった。

「鼻」も「羅生門」と同じころ、構想されたらしい。が、書き上げたのはだいぶ、おくれて、翌大正五年(一九一六)二月の『第四次新思潮』に発表された。この雑誌は、作者が菊池《きくち》寛《かん》、久米《くめ》正雄《まさお》、松岡譲《まつおかゆずる》、などと共に発刊した同人雑誌である。この作品は、師夏目漱石の賞賛を受け、これを契機に新作の注文を受けるようになった。

「芋粥《いもがゆ》」は、その注文に応じて書かれたもので、これで芥川は新作家として、堂々たる登場ぶりを見せたということになった。漱石は、ふたたびこの作品についても、長い手紙を書いて、詳しい批評をしてくれた。世評もよく、このころをさかいにして、芥川は一躍流行作家となる。

「偸盗《ちゅうとう》」は、当時の最も権威のある雑誌『中央公論』に大正六年(一九一七)四月号、七月号に連載された。これは「芋粥」より前に書きはじめていたものらしい。——この作品はしかし、作者の気に入らず、生前の作品集には収められていない。作者は全面的に手を入れることを計画したらしかったが、一部の訂正だけで、それは果たされなかった。

これらの矢つぎばやに書かれた王朝物は、それではどのような性質の作品だろうか。

作者は当時ある恋愛問題がこじれて、気分が沈みがちであったので、「その反対になるべく現状とかけ離れた、なるべく愉快な小説が書きたかった」(未定稿「あの頃の自分の事」)というような事情が最初にあったらしい。

それから、より芸術的な理由としては、「今僕があるテエマをとらえてそれを小説に書くとする。そうしてそのテエマを芸術的に最も力強く表現するためには、ある異常な事件が必要になるとする。その場合、その異常な事件なるものは、異常なだけそれだけ、今日この日本に起こった事としては書きこなしにくい。」(『澄江堂雑記《ちょうこうどうざつき》』)そういう意図がある。

この第一の意図、なるべく愉快で奇抜な小説という考えが、わが国王朝を背景に持つ物語を空想させたとすれば、第二の意図は、しかし、主題の切実さはあくまで現代的であるということになり、したがって、ある時代の雰囲気《ふんいき》なりモラルなりをそのまま再現するいわゆる歴史小説とは、目的が違っているということになる。

それはあくまで「古人の心に、今の人の心と共通する、いわばヒュマンなひらめきをとらえた、手っ取り早い作品」(『澄江堂雑記』)ということになる。

ところで、これらの作品は、題材的には、全然、空想であるかというとそうではない。それぞれ、作者の空想を刺激する材料があった。

「羅生門」は『今昔物語』巻二十九「羅城門登二上層一見二死者一盗人語第十八」から出発しているし、

「鼻」は、やはり『今昔物語』巻二十八「池尾禅珍内供鼻語第二十」および『宇治拾遺物語』巻二「鼻長き僧の事」から、

「芋粥」も『今昔物語』巻二十六「利仁将軍若時従レ京敦賀将二行五位一語第十七」および『宇治拾遺物語』第一「利仁薯蕷粥の事」から、それぞれ、題材を得ている。

最も自由な空想によると思われる「偸盗」もやはり、『今昔物語』などによっているところもあるのではないかという説もある。

すなわち、どの作品も、王朝時代の世相の再現というよりは、王朝の説話物語の材料の近代的な解釈に、作者の主眼はあったということになるだろう。それは、それらの素材となった説話と、芥川の作品とを読み比べてみれば、非常によくわかることである。

近代的解釈といえば、たとえば「芋粥」の主人公、無名の五位は、当時、芥川も読ん

でいたといわれるゴーゴリの『外套《がいとう》』の主人公の九等官と、環境でも性格でも、実に似ている。つまり王朝の下級官吏が、十九世紀のロシアの下級官吏と、いわばそっくりの手法で描かれているということになる。これが、この主人公――のみならず、これらの作品のどの人物をも、きわめてわれわれわれに身近に感じさせることになるわけである。

これらの作品の収められている作品集の名前を次に参考までにあげておこう。

「羅生門」「鼻」「芋粥」共に、大正六年(一九一七)五月に阿蘭陀《おらんだ》書房から出版された、著者の第一短編集『羅生門』に収められ、後、大正十一年(一九二二)八月改造社発行の選集『沙羅《さら》の花』に、前の二編が、また、同年二月春陽堂発行の『芋粥』に、最後の作品が、再録されている。

芥川竜之介略年譜

一八九二(明治二五)年
三月一日、東京市京橋区入船町(現中央区明石町)に新原敏三の長男として生まれ、母の実兄芥川道章《どうしょう》の家に入った。後、養子となる(一九〇四年八月)。

一九一〇(明治四三)年　一八歳
三月、東京府立第三中学校を卒業。九月、第一高等学校英文科に入学。

一九一三(大正二)年　二一歳
九月、東京帝国大学文科大学英文科に入学。

一九一四(大正三)年　二二歳
二月、久米正雄・松岡譲・成瀬正一・土屋文明らとともに第三次『新思潮』を発刊、五月、同誌上に処女作の短篇「老年」を発表。

一九一五(大正四)年　二三歳
一一月、「羅生門」を『帝国文学』に発表。

一二月、初めて夏目漱石を訪ねる。以後「木曜会」に出席するようになる。

一九一六(大正五)年　二四歳
二月、久米・松岡・成瀬・菊池寛と第四次『新思潮』を発刊、「鼻」を同誌創刊号に発表、漱石の絶賛を受ける。

七月、大学英文科を卒業。

九月、「芋粥」を『新小説』に、一〇月、「手巾」を『中央公論』に発表。

一二月、海軍機関学校嘱託となり鎌倉に居住。

一九一七(大正六)年　二五歳
一月、「尾形了斎覚え書」を『新潮』に発表。四月、「偸盗」を『中央公論』に発表(「続偸盗」を七月)。五月、『羅生門』を刊行。九月、「或日の大石内蔵之助」を『中央公論』に発表。一〇月、「戯作三昧」を『大阪毎日新聞』に連載(一一月まで)。一一月、『煙草と悪魔』を刊行。

一九一八(大正七)年　二六歳
二月、塚本文と結婚。

七月、『鼻』を刊行。同月「蜘蛛の糸」を『赤い鳥』に、九月、「奉教人の死」を『三田文学』に発表。一〇月、「邪宗門」を『大阪毎日新聞』『東京日日新聞』に連載(一二月まで)。
一九一九(大正八)年　二七歳
一月、『傀儡師』を刊行。
三月、海軍機関学校嘱託を辞し、大阪毎日新聞社客員社員となる。四月、東京田端に移転。
一九二〇(大正九)年　二八歳
一月、『影燈籠』を刊行。四月、「沼・東洋の秋」(原題「小品二種」)を『改造』に、七月、「杜子春」を『赤い鳥』に発表。
一九二一(大正一〇)年　二九歳
三月、『夜来の花』を刊行。同月から七月まで中国に旅行。
九月、『戯作三昧　他六篇』『地獄変　他六篇』、一一月、『或日の大石内蔵之助　他五篇』を刊行。
一九二二(大正一一)年　三〇歳
この頃から、しばしば体調不良と不眠に悩まされるようになる。
一月、「藪の中」を『新潮』に発表。二月、『芋粥　他六篇』、三月、『将軍』、五月、『点心』、八月、『沙羅の花』、一〇月、『奇怪な再会』、一一月、『邪宗門』を刊行。
一九二三(大正一二)年　三一歳

一月、「侏儒の言葉」を『文芸春秋』に連載(一九二五年一一月まで)。五月、『春服』を刊行。

一九二四(大正一三)年　　三二歳

七月、『黄雀風』、九月、『百艸』刊行、一〇月、『報恩記』を刊行。

一九二五(大正一四)年　　三三歳

一一月、『支那游記』を刊行。

一九二六(大正一五・昭和元)年　　三四歳

四月、湘南鵠沼海岸に寓居。

一二月、『梅・馬・鶯』を刊行。

一九二七(昭和二)年　　三五歳

六月、『湖南の扇』を刊行。

七月二四日、田端の自宅で逝去。

〔編集付記〕

一、底本には、『芥川竜之介全集』第一・二巻(一九九五年一一・一二月、岩波書店刊)を用いた。

一、左記の要項に従って表記がえをおこなった。

岩波文庫(緑帯)の表記について

近代日本文学の鑑賞が若い読者にとって少しでも容易となるよう、旧字・旧仮名で書かれた作品の表記の現代化をはかった。そのさい、原文の趣をできるだけ損なうことがないように配慮しながら、次の方針にのっとって表記がえをおこなった。

(一) 旧仮名づかいを現代仮名づかいに改める。ただし、原文が文語文であるときは旧仮名づかいのままとする。

(二) 「常用漢字表」に掲げられている漢字は新字体に改める。

(三) 漢字語のうち代名詞・副詞・接続詞など、使用頻度の高いものを一定の枠内で平仮名に改める。

(四) 平仮名を漢字に、あるいは漢字を別の漢字にかえることは、原則としておこなわない。

(五) 振り仮名を次のように使用する。

(イ) 読みにくい語、読み誤りやすい語には現代仮名づかいで振り仮名を付す。

(ロ) 送り仮名は原文どおりとし、その過不足は振り仮名によって処理する。

例、明に→明《あきらか》に

(岩波文庫編集部)

羅生門《らしょうもん》・鼻《はな》・芋粥《いもがゆ》・偸盗《ちゅうとう》

1960 年 11 月 25 日　第 1 刷発行
2002 年 10 月 16 日　改版第 1 刷発行
2009 年 6 月 25 日　第 10 刷発行

作　者　芥川竜之介《あくたがわりゅうのすけ》

発行者　山口昭男

発行所　株式会社　岩波書店
〒101-8002 東京都千代田区一ツ橋 2-5-5

案内 03-5210-4000　販売部 03-5210-4111
文庫編集部 03-5210-4051
http://www.iwanami.co.jp/

印刷・三陽社　カバー・精興社　製本・中永製本

ISBN 4-00-310701-2　　　Printed in Japan

読書子に寄す

——岩波文庫発刊に際して——

岩波茂雄

真理は万人によって求められることを自ら欲し、芸術は万人によって愛されることを自ら望む。かつては民を愚昧ならしめるために学芸が最も狭き堂宇に閉鎖されたことがあった。今や知識と美とを特権階級の独占より奪い返すことはつねに進取的なる民衆の切実なる要求である。岩波文庫はこの要求に応じそれに励まされて生まれた。それは生命ある不朽の書を少数者の書斎と研究室とより解放して街頭にくまなく立たしめ民衆に伍せしめるであろう。近時大量生産予約出版の流行を見る。その広告宣伝の狂態はしばらくおくも、後代にのこすと誇称する全集がその編集に万全の用意をなしたるか。千古の典籍の翻訳企図に敬虔の態度を欠かざりしか。さらに分売を許さず読者を繫縛して数十冊を強うるがごとき、はたしてその揚言する学芸解放のゆえんなりや。吾人は天下の名士の声に和してこれを推挙するに躊躇するものである。このときにあたって、岩波書店は自己の責務のいよいよ重大なるを思い、従来の方針の徹底を期するため、すでに十数年以前より志して来た計画を慎重審議この際断然実行することにした。吾人は範をかのレクラム文庫にとり、古今東西にわたって文芸・哲学・社会科学・自然科学等種類のいかんを問わず、いやしくも万人の必読すべき真に古典的価値ある書をきわめて簡易なる形式において逐次刊行し、あらゆる人間に須要なる生活向上の資料、生活批判の原理を提供せんと欲する。この文庫は予約出版の方法を排したるがゆえに、読者は自己の欲する時に自己の欲する書物を各個に自由に選択することができる。携帯に便にして価格の低きを最主とするがゆえに、外観を顧みざるも内容に至っては厳選最も力を尽くし、従来の岩波出版物の特色をますます発揮せしめようとする。この計画たるや世間の一時の投機的なるものと異なり、永遠の事業として吾人は微力を傾倒し、あらゆる犠牲を忍んで今後永久に継続発展せしめ、もって文庫の使命を遺憾なく果たさしめることを期する。芸術を愛し知識を求むる士の自ら進んでこの挙に参加し、希望と忠言とを寄せられることは吾人の熱望するところである。その性質上経済的には最も困難多きこの事業にあえて当たらんとする吾人の志を諒として、その達成のため世の読書子とのうるわしき共同を期待する。

昭和二年七月

《現代日本文学》

経国美談 全二冊　矢野竜渓　小林智賀平校訂
怪談牡丹燈籠　三遊亭円朝
真《しん》景《けい》累ヶ《かさねが》淵《ふち》　三遊亭円朝
塩原多助一代記　三遊亭円朝
当世書生気質　坪内逍遥
雁　森鷗外
阿部一族 他二篇　森鷗外
山椒大夫・高瀬舟 他四篇　森鷗外
渋江抽斎　森鷗外
舞姫・うたかたの記 他三篇　森鷗外
みれん　シュニッツラー　森鷗外訳
鷗外随筆集　千葉俊二編
浮雲　二葉亭四迷　十川信介校注
其面影　二葉亭四迷
野菊の墓 他四篇　伊藤左千夫
吾輩は猫である　夏目漱石

坊っちゃん　夏目漱石
草枕　夏目漱石
虞美人草　夏目漱石
三四郎　夏目漱石
それから　夏目漱石
門　夏目漱石
彼岸過迄　夏目漱石
行人　夏目漱石
こころ　夏目漱石
硝子戸の中　夏目漱石
道草　夏目漱石
明暗　夏目漱石
思い出す事など 他七篇　夏目漱石
文学評論 全二冊　夏目漱石
夢十夜 他二篇　夏目漱石
倫敦塔・幻影の盾 他五篇　夏目漱石
漱石日記　平岡敏夫編

漱石書簡集　三好行雄編
漱石俳句集　坪内稔典編
文学論 全二冊　夏目漱石
五重塔　幸田露伴
努力論　幸田露伴
幻談・観画談 他三篇　幸田露伴
飯待つ間 ―正岡子規随筆選　正岡子規　阿部昭編
子規句集　高浜虚子選
病牀六尺　正岡子規
子規歌集　土屋文明編
墨汁一滴　正岡子規
仰臥漫録　正岡子規
歌よみに与ふる書　正岡子規
金色夜叉 全二冊　尾崎紅葉
小説不如帰　徳冨蘆花
自然と人生　徳冨蘆花
みみずのたはこと 全二冊　徳冨健次郎

北村透谷選集　勝本清一郎校訂
武蔵野　国木田独歩
蒲団《ふとん》・一兵卒　田山花袋
東京の三十年　田山花袋
温泉めぐり　田山花袋
あらくれ　徳田秋声
縮図　徳田秋声
仮装人物　徳田秋声
藤村詩抄　島崎藤村自選
破戒　島崎藤村
家　全二冊　島崎藤村
千曲川のスケッチ　島崎藤村
夜明け前　全四冊　島崎藤村
藤村随筆集　十川信介編
にごりえ・たけくらべ　樋口一葉
大つごもり・十三夜　他五篇　樋口一葉
修禅寺物語・正雪の二代目　他四篇　岡本綺堂

明治劇談　ランプの下にて　岡本綺堂
岡本綺堂随筆集　千葉俊二編
高野聖・眉かくしの霊　泉鏡花
歌行燈　泉鏡花
夜叉ケ池・天守物語　泉鏡花
草迷宮　泉鏡花
春昼・春昼後刻　泉鏡花
鏡花短篇集　川村二郎編
外科室・海城発電　他五篇　泉鏡花
辰巳巷談・通夜物語　泉鏡花
海神別荘　他二篇　泉鏡花
俳句はかく解しかく味う　高浜虚子
俳句への道　高浜虚子
回想　子規・漱石　高浜虚子
夢は呼び交す　蒲原有明
上田敏全訳詩集　山内義雄・矢野峰人編
小さき者へ・生れ出ずる悩み　有島武郎　三上秀吉・亀井俊介解説

一房の葡萄　他四篇　有島武郎
ホイットマン詩集　草の葉　有島武郎選訳
寺田寅彦随筆集　全五冊　小宮豊隆編
柿の種　寺田寅彦
与謝野晶子歌集　与謝野晶子自選
与謝野晶子評論集　鹿野政直・香内信子編
腕くらべ　永井荷風
つゆのあとさき　永井荷風
濹東綺譚　永井荷風
荷風随筆集　全二冊　野口冨士男編
摘録　断腸亭日乗　全二冊　永井荷風・磯田光一編
すみだ川・新橋夜話　他一篇　永井荷風
あめりか物語　永井荷風
江戸芸術論　永井荷風
ふらんす物語　永井荷風
赤光　斎藤茂吉
斎藤茂吉歌集　山口茂吉・柴生田稔・佐藤佐太郎編

斎藤茂吉随筆集	阿川弘之・北杜夫編
小僧の神様 他十篇	志賀直哉
暗夜行路 全二冊	志賀直哉
高村光太郎詩集	高村光太郎
白秋愛唱歌集	北原白秋・藤田圭雄編
北原白秋歌集	高野公彦編
北原白秋詩集 全二巻	安藤元雄編
フレップ・トリップ	北原白秋
海神丸 —付「海神丸」後日物語	野上弥生子
大石良雄・笛	野上弥生子
欧米の旅 全三冊	野上弥生子
友情	武者小路実篤
銀の匙	中勘助
蜜蜂・余生	中勘助
若山牧水歌集	伊藤一彦編
新編 みなかみ紀行	若山牧水・池内紀編
南蛮寺門前 和泉屋染物店 他三篇	木下杢太郎

新編 百花譜百選	木下杢太郎画・前川誠郎編
新編 啄木歌集	久保田正文編
ISIKAWA TAKUBOKU ROMAZI NIKKI —啄木・ローマ字日記	石川啄木・桑原武夫編訳
吉野葛・蘆刈	谷崎潤一郎
幼少時代	谷崎潤一郎
谷崎潤一郎随筆集	篠田一士編
文章の話	里見弴
道元禅師の話	里見弴
萩原朔太郎詩集	三好達治選
郷愁の詩人 与謝蕪村	萩原朔太郎
猫町 他十七篇	萩原朔太郎・清岡卓行編
恩讐の彼方に 忠直卿行状記 他八篇	菊池寛
半自叙伝 無名作家の日記 他四篇	菊池寛
河明り 老妓抄 他一篇	岡本かの子
末枯・続末枯・露芝	久保田万太郎
或る少女の死まで 他二篇	室生犀星
出家とその弟子	倉田百三

羅生門・鼻・芋粥・偸盗	芥川竜之介
地獄変・邪宗門・好色・藪の中 他七篇	芥川竜之介
河童 他二篇	芥川竜之介
歯車 他二篇	芥川竜之介
蜘蛛の糸・杜子春・トロッコ 他十七篇	芥川竜之介
侏儒の言葉・文芸的な、余りに文芸的な	芥川竜之介
日輪・春は馬車に乗って 他八篇	横光利一
上海	横光利一
宮沢賢治詩集	谷川徹三編
童話集 風の又三郎 他十八篇	宮沢賢治・谷川徹三編
童話集 銀河鉄道の夜 他十四篇	宮沢賢治・谷川徹三編
山椒魚・遙拝隊長 他七篇	井伏鱒二
川釣り	井伏鱒二
井伏鱒二全詩集	井伏鱒二
伸子 全二冊	宮本百合子
渦巻ける鳥の群 他三篇	黒島伝治
伊豆の踊子 温泉宿 他四篇	川端康成

抒情歌・禽獣 他五篇　川端康成
雪国　川端康成
山の音　川端康成
詩を読む人のために　三好達治
夏目漱石 全二冊　小宮豊隆
檸檬《レモン》・冬の日 他九篇　梶井基次郎
蟹工船 一九二八・三・一五　小林多喜二
風立ちぬ・美しい村　堀辰雄
富嶽百景・走れメロス 他八篇　太宰治
ヴィヨンの妻・桜桃 他八篇　太宰治
斜陽 他一篇　太宰治
人間失格・グッド・バイ 他一篇　太宰治
津軽　太宰治
お伽草紙・新釈諸国噺　太宰治
真空地帯 全二冊　野間宏
青年の環 全五冊　野間宏
日本唱歌集　堀内敬三・井上武士編

日本童謡集　与田準一編
変容　伊藤整
小説の方法　伊藤整
鳴海仙吉　伊藤整
小説の認識　伊藤整
中原中也詩集　大岡昇平編
晩年の父　小堀杏奴
小熊秀雄詩集　岩田宏編
木下順二戯曲選 全四冊　木下順二
随筆滝沢馬琴　真山青果
みそっかす　幸田文
土屋文明歌集　土屋文明自選
古句を観る　柴田宵曲
俳諧随筆 蕉門の人々　柴田宵曲
評伝 正岡子規　柴田宵曲
随筆集 団扇《うちわ》の画《え》　柴田宵曲・小出昌洋編
貝殻追放抄　水上滝太郎

漱石文明論集　三好行雄編
漱石・子規往復書簡集　和田茂樹編
立原道造詩集　杉浦明平編
中谷宇吉郎随筆集　樋口敬二編
雪　中谷宇吉郎
中谷宇吉郎紀行集 アラスカの氷河　渡辺興亜編
伊東静雄詩集　杉本秀太郎編
冥途・旅順入城式　内田百閒
東京日記 他六篇　内田百閒
ゼーロン・淡雪 他十一篇　牧野信一
佐藤佐太郎歌集　佐藤志満編
西脇順三郎詩集　那珂太郎編
草野心平詩集　入沢康夫編
金子光晴詩集　清岡卓行編
大手拓次詩集　原子朗編
宮柊二歌集　宮英子・高野公彦編
山の絵本　尾崎喜八

- 日本児童文学名作集 全二冊　桑原三郎・千葉俊二編
- 山月記・李陵 他九篇　中島敦
- 新選 山のパンセ　串田孫一自選
- 新美南吉童話集　千葉俊二編
- 岸田劉生随筆集　酒井忠康編
- 量子力学と私　朝永振一郎／江沢洋編
- 科学者の自由な楽園　朝永振一郎／江沢洋編
- 増補 新橋の狸先生 —私の近世畸人伝　森銑三／小出昌洋編
- 新編 明治人物夜話　森銑三／小出昌洋編
- 新編 おらんだ正月　森銑三／小出昌洋編
- 自註鹿鳴集　会津八一
- 窪田空穂随筆集　大岡信編
- わが文学体験　窪田空穂
- 窪田空穂歌集　大岡信編
- 屋上登攀者　藤木九三
- 明治文学回想集 全二冊　十川信介編
- 踊る地平線 全二冊　谷譲次

- 新編 春の海 —宮城道雄随筆集　千葉潤之介編
- 林芙美子随筆集　武藤康史編
- 林芙美子紀行集 下駄で歩いた巴里　立松和平編
- 山の旅 全二冊　近藤信行編
- 日本近代文学評論選 全二冊　千葉俊二・坪内祐三編
- 吉田一穂詩集　加藤郁乎編
- 観劇偶評　三木竹二／渡辺保編
- 浄瑠璃素人講釈 全二冊　杉山其日庵／内山美樹子・桜井弘編
- 食道楽 全二冊　村井弦斎
- 酒道楽　村井弦斎
- 文楽の研究 全二冊　三宅周太郎
- 五足の靴　五人づれ
- 尾崎放哉句集　池内紀編
- リルケ詩抄　茅野蕭々訳

岩波文庫の最新刊

佐藤春夫
小説永井荷風伝 他三篇
荷風文学に深い理解を示した佐藤春夫の荷風論四篇。「小説永井荷風伝」は、数ある荷風評伝中の代表作であり、春夫による荷風文学への格好の入門書である。
〔緑七一-六〕 定価七三五円

八木敏雄編訳
ポオ評論集
今年生誕二百年を迎えるポオ(一八〇九―一八四九)。「詩作の哲学」「詩の原理」等の著名な詩論、クーパー、ホーソーン、ディケンズ等を論じた同時代評を収録。全九篇。
〔赤三〇六-五〕 定価七三五円

J・L・ボルヘス/鼓直訳
創造者
詩人として出発したボルヘスがもっとも愛し、もっとも自己評価の高い代表的詩文集。作者の肉声めいたものが作品の随所に聞こえる、ボルヘスの《文学大全》。
〔赤七九二-二〕 定価五八八円

サルトル/海老坂武、澤田直訳
自由への道(一)
二十世紀小説史を飾るサルトルの長編。自由を主義とする哲学教師、悪を志向する友人、青春を疾走する姉弟。第二次大戦前夜パリの三日間の物語。(全六冊)
〔赤N五〇八-一〕 定価七九八円

……今月の重版再開……

杤尾武校注
玉造小町子壮衰書 ―小野小町物語―
定価六三〇円 〔黄九-一〕

H・G・ウエルズ/橋本槇矩訳
透明人間
定価六三〇円 〔赤二七六-二〕

小島烏水/近藤信行編
山岳紀行文集 日本アルプス
定価九四五円 〔緑一三五-一〕

松原岩五郎
最暗黒の東京
定価五八八円 〔青一七四-一〕

定価は消費税5%込です　　2009. 6.